傳奇故事系列

劉羅鍋傳奇

作者：管家琪

插畫：林鴻堯

導讀

如果你看過這幾年十分轟動、來自中國大陸的連續劇「宰相劉羅鍋」，你將會發現，在這本《劉羅鍋傳奇》裡所呈現的是完全不一樣的故事。

不過，有一個地方是「相同」的：不管連續劇或這本書都屬於是一種歷史演義。

在歷史上，清乾隆年間，的確有一位個性耿直的清官，名叫劉墉。他的父親劉統勳，也是一位有名的清官，而且「官名顯赫」，最高曾做至大學士兼軍機處，也就是真正的宰相，而劉墉自己的官名雖然沒有父親那麼輝煌，但也擔任過太原知府、江寧知府、湖南巡撫、工部尚書、直隸總督、吏部尚書、大學士等職，而且在民間傳說中，劉墉似乎比他父親還要出名；或者說，在民間傳說中，是把劉統勳、劉墉父子做了一番揉和。

談到清朝，一般常會談到「康乾盛世」，「康」指的是康熙，「乾」指的是雍正以後的乾隆。乾隆皇在他父親雍正皇死後，登上帝位，之後在位六十年，頗能維持康熙和雍正時期的盛況，所以後世史家常把康熙皇、雍正皇和乾隆皇三位並稱，把他們在位的一百多年視為清朝鼎盛的時期。但是，乾隆年間也有不少流弊，種下清朝走向衰亡的種子。

比方說，由於乾隆皇好大喜功，連年用兵，不但浪費了國庫裡的白銀，也直接傷害了國家的元氣；乾隆皇奢侈成性，揮霍無度，上行下效之餘，清朝的官場風氣遂日益腐敗。大凡在官場風氣（或說社會風氣）不佳的時候，老百姓總期望在官場中能有人出汙泥而不染，甚至處處站在老百姓的立場，打擊特權，打擊那些可惡的貪官汙吏，一方面可以為小老百姓稍稍出一口氣，一方面也為大家保留一點希望，讓大家在飽受剝削和欺壓之餘，至少還可以這麼想：「如果能夠多幾個像這樣的人，那這個社會也許還有救……」

劉墉，劉羅鍋的傳奇，就是這麼來的。在民間傳說中，他成了小老百姓寄託希望的對象，也成為小老百姓渴求公理與正義的象徵。在本書中，不少篇章就都是在反應劉羅鍋「打擊特權」、「真心關心小老百姓的利益」、「永遠與小老百姓站在一起」的形象；當然，在反應了劉羅鍋清廉剛正的正面形象的同時，所呈現的也就是官場的腐敗。

最後，還有一點值得一提的是，本書既是「歷史演義」的性質，除了取材自有關於劉羅鍋的民間傳說之外，〈冤鬼告狀〉這個單元的靈感，是來自於《閱微草堂筆記》中的一段故事；〈城隍廟裡的月老〉則是假借自鄭板橋的一則軼聞。鄭板橋（也就是鄭燮），是「揚州八怪」之一，乾隆元年考中進士，被派到山東范縣當知縣，身為地方父母官，他其實做得不錯，可就因為不肯同流合汙，「不諳為官之道」，硬是被罷黜了，罪名竟然還是「貪贓枉法」！鄭板橋回到家鄉，賣起字畫，和汪士順等七人形成一個新的畫派，突破了一般一味抄襲摹仿古畫的舊框框。

關於〈冤鬼告狀〉和〈城隍廟裡的月老〉這兩段故事，有一點想法可以和讀者討論一下。

不知道小朋友有沒有想過，其實「鬼」也是一種「特權」，因為「鬼」很神祕，許多人對「鬼」總感到一種莫名的懼怕，因此有心人就很容易利用這一個特點來達到某些目的，也就是所謂的「裝神弄鬼」。但是，真正的聰明人，應該像〈冤鬼告狀〉中的劉羅鍋一樣，面對特權如「鬼」者，仍然毫無懼色，並以科學的態度，慢慢抽絲剝繭，才不會遭惡人利用。

而〈城隍廟裡的月老〉卻是劉羅鍋利用一般人喜歡結交特權（所謂趨炎附勢）的心裡，反其道而行，終於成就一番有情人的姻緣。

總之，這本《劉羅鍋傳奇》是以劉羅鍋為主角，由幾個不同單元的故事所組成，希望能夠帶給讀者一次愉快的閱讀經驗。

人物介紹

劉羅鍋：本書主角，也就是劉墉，清乾隆十六年的進士，祖籍山東青州府諸城縣。因為背駝得厲害，外號「羅鍋」。為人剛正不阿。善書法，也是一位知名的書法家。

張祿兒：劉府的家僕，忠心耿耿。

趙師爺：江寧府師爺，為人圓滑，對於逢迎拍馬尤其有一套。

陳大寶：江寧府一位年輕差役，武舉出身，身手不凡，為人也是古道熱腸。

宋　雲：江寧府首郡上元縣縣令。為人正直，但處理「王有財命案」，反被設計。

孫平和：書生，生性善良，平白無故被汙陷殺害自己的義父。

王一郎、**王二郎**：王有財的大兒子和二兒子，兩人好賭成性，一直想分家產，被王有財所拒，橫心將老父親殺害，故意嫁禍給孫平和。

丁　泉：市井無賴，受雇殺害王有財，事後又向王有財兩個兒子勒索。

楊天生：憨直的平民百姓，為女申冤，向劉羅鍋遞狀紙。

何達理：地方惡少，強行擄走良家姑娘。

姚　爲：綽號「包打聽」，和何達理兩人狼狽為奸。

江總督：劉羅鍋的上司，生日時坐等其他小官來送禮，因被劉羅鍋擋了財路，懷恨在心。

乾隆皇：好大喜功的皇帝，自稱「十全武功」及「十全老人」。

洪來、胡歡：狐假虎威的差役。

錢　澧：御史。

劉國泰：虧空公款的貪官。

江　生：家道中落的書生，遭到王員外的輕視與悔婚。

王映雪：富家姑娘，和江生情投意合。

王員外：勢利眼的商人。

和　珅：乾隆皇寵信的內閣大學士。

目次

一、走馬上任

這一年的夏天似乎特別炎熱。金陵江寧府裡頭的大小官吏天天盛裝等在接官亭，一心想隆重迎接乾隆皇帝最近御筆親點江寧府的劉知府劉大人，已經等了好些天了。

「趙師爺，劉大人怎麼還沒來呀？不是前幾天就該到了嗎？」問話的人名叫陳大寶，是一名年輕的差役，體格壯碩，頗有一番紮紮實實的拳腳工夫。他問這話倒不是出於不耐，而是有些擔心。

「是啊，是早該到了。」一臉富態的趙師爺儘管表面上僅淡淡地回了這麼一句，心裡也暗忖：「奇怪，怎麼還沒到？會不會是這新到任的劉知府貪玩，一路慢慢蹓躂，才耽擱了時間？」

「要不要派人到前面去看看呢？」陳大寶又問。

其他的差役也紛紛說：「是啊，咱們已經在這裡等了好幾天了，這樣傻等下去實在不是辦法，還是去看看吧！」

「看看？怎麼看？咱們又不知道新老爺究竟會打那兒來？難道要滿山遍野地亂找？真是！」趙師爺瞪了陳大寶一眼，「還是沈住氣，耐著性子，慢慢等吧！」

既然趙師爺都這麼說了，大夥兒只好都安靜下來，任憑汗水滲透了衣裳，也不敢再窮嘀咕。

又等了好一會兒，前方忽然出現了兩個人，騎著毛驢迎面而來。原本大夥兒對這兩個人也沒什麼注意，但這兩個傢伙莽撞得很，竟一路筆直朝接官亭這兒過來了。

陳大寶忍不住了，大步上前，朝那兩個傢伙大聲喝道：「站住！

你們知道這裡是哪裡嗎？」

奇怪的是，這兩個傢伙被陳大寶這麼一吼，似乎並不害怕，也不驚慌。其中一個臉頰瘦削，顴骨高聳，蓄著山羊鬍的中年男子竟然還笑瞇瞇地反問陳大寶：「這裡不是要往金陵江寧府的路上嗎？」

「廢話！」陳大寶粗裡粗氣地伸手朝身後的接官亭一指：「我是指這個亭子！」

蓄山羊鬍的中年男子朝那擠滿了大小官吏和差役的亭子望了一望，仍然面帶笑容地說：「你是指那個現在擠滿了人的破亭子？」

「大膽！什麼破亭子，那是『接官亭』，懂不懂！鄉巴佬！」陳大寶怒道：「咱們江寧府新任的知府大人馬上就要到了，恕你們兩個無知，趕快走吧，別擋在這兒，免得待會兒惹事。」

這時，騎在另一頭驢子上的胖小子說話了：「去！你才無知呢！

新任的知府大人已經到了，現在正站在你面前跟你說話呢，真是有眼無珠！」

陳大寶狐疑地看看胖小子，再看看那瘦巴巴的中年人，楞楞地說：「你是說……………」

「陳大寶！」趙師爺在他身後喊話：「沒事就叫他們趕快滾呀！還跟他們囉哩囉嗦些什麼？」

「是！」陳大寶趕緊先應了一聲，然後又迅速轉過頭來對著那兩個胡言亂語的鄉巴佬小聲說：「你們知不知道知府大人有多大？是掌管咱們整個江寧府的呀！這也可以開玩笑的嗎？趕快走吧，我就不跟你們計較了，若是被趙師爺聽到了，不叫人狠狠打你們一頓才怪！」

蓄著山羊鬍的男子面上仍然帶著若無其事的笑容問道：「哪一位是趙師爺？就是那個一直在搖扇子的先生嗎？」

陳大寶急啦，跺著腳催促道：「喂！你們倆是怎麼回事？沒聽到我說的話嗎？趕快走啦！趕快離開這裡！」

「你才怎麼回事咧，」驢子上的胖小子也生氣了，「不是跟你講過了嗎？這位就是新到任的知府大人，劉大人啊！」

陳大寶還是不信，「別鬧了啦！」

「誰鬧了？莫名奇妙！」胖小子氣呼呼地翻身下馬，乾脆直接對著接官亭裡的一夥人大聲說：「各位聽著！金陵江寧府的新任知府劉大人到了！還不趕快統統過來下跪迎接！」

接官亭裡的一夥人馬聽了，紛紛爆笑出來。

「知府大人？瞧他那一付尖嘴猴腮，其貌不揚的樣子，哪裡有一點官樣！」

一個眼尖的差役眼神一轉，頓時又有了新發現：「嘿！大夥兒快瞧！這傢伙還是一個羅鍋呢！要是羅鍋也能當知府大人，我的名字就倒過來寫！」

「羅鍋」就是「駝背」的意思，這下子大夥兒笑鬧得更兇了，紛紛說：「對！如果他真的是知府大人，我的名字也倒過來寫！」

坐在驢背上蓄山羊鬍的中年男子，原本一直是面帶笑容的，這會兒卻突然收起了笑容，神情嚴肅地望著大夥兒說：「怎麼？羅鍋就不能當知府嗎？大清律有哪一條是這麼規定的嗎？還是你們有什麼證據可以證明羅鍋的智能才幹會比一般人差呢？」

瞧他一臉凜然，不知道怎麼搞的，大夥兒的笑鬧聲漸漸地歇住了；或者說大夥兒不知不覺竟被他震懾住了，所以才忘了要怎麼笑。

趙師爺尤其感到不妙，正要鼓起勇氣上前，那個怒氣沖天的胖小子已經從行囊裡拿出一份文書，大吼道：「快點過來看吧！你們這幫狗眼看人低的傢伙，哼！」

這一看，真是非同小可，原來這羅鍋竟然真的是新到任的知府大人！

趙師爺首先雙膝一軟，跪了下去，大聲頻呼：「大人恕罪！大人饒命！」

其他人也紛紛爭先恐後地往地上撲了下去，哭天喊地似地狂呼：「大人恕罪！大人饒命！」

看大家嚇成那個樣子，劉羅鍋反倒笑了：「得了！得了！沒那麼嚴重！統統起來吧！」

不過，儘管劉羅鍋沒有處罰眾人的無禮，回到江寧府以後，那天晚上，眾人還是紛紛自動罰寫名字，而且，都是倒著寫哪。

二、接風

原來，劉羅鍋——劉墉因為欽命緊急，自被御筆親點為金陵江寧府知府以後，僅收拾了一點隨身衣物和文房四寶，帶著一名小內勤張祿兒（就是那個脾氣有點兒急躁的胖小子）就匆匆上路了；家眷和一切家當要稍後才能跟來。劉羅鍋一向生活簡樸，別人新官上任總要四人大轎敲鑼打鼓、風風光光、熱熱鬧鬧地一路招搖，他卻和張祿兒衣著樸素地騎著毛驢兒前來，也難怪在接官亭苦候多時的趙師爺等一夥人，根本認不出他來了。

第二天一早，趙師爺忐忑不安地來到劉羅鍋的面前，向劉羅鍋請安，見劉羅鍋一副心平氣和的樣子，似乎沒有再為昨天接官亭的事兒生氣，這才慢慢放下心來。

劉羅鍋方才正端坐在書桌前揮毫，現在寫完了，淡淡地看了一眼，就放下筆站起身走向趙師爺，和善地問：「趙師爺，這麼早就開始辦公了？很好很好，我也正想找你呢！」

趙師爺的心裡有點兒意外，也有點兒失望。他原本以為劉羅鍋一定會把剛寫好的書法叫他欣賞，再問他的意見，這樣他就可以逮著機會大捧特捧、胡吹亂吹一番，沒想到劉羅鍋根本不提，平白失去一個拍馬屁的機會。

趙師爺一邊在心裡暗叫可惜，一邊趕緊堆滿了笑容說：「是這樣的，我想和您商量一下地方官員們敬送的接風飯……」

劉羅鍋一聽，不等趙師爺多說，立即接口搶著說道：「嗳，不必了不必了，我這人向來不拘小節，那些接風飯就省省吧！」

趙師爺心想：「哼，這些做官的都是一個樣兒，沒一個乾脆的，好吧，就陪您演演戲吧，以前我又不是沒演過。」

於是，趙師爺仍然耐著性子不疾不徐地說：「這些接風飯絕不是形式，實在都是大家誠心誠意想為您洗塵……」

「行了行了，你不必再說了，我知道大家都是好意，你就代我謝謝大家吧，說我真的是心領了。」

「那——要不要——要不要換一種形式來為您接風呢？」趙師爺含蓄地問，心想，或許新任知府大人對吃飯沒興趣，只對收禮有興趣？前一任知府大人過生日時就從不要大夥兒為他祝壽，而是直接要大家送他一個可以保值的、純金打造的壽禮，並且還體貼的建議，不妨打造一個他所屬的生肖，這樣更有紀念意義；這樣說聽起來也許還不算什麼，問題是，他是屬牛啊！（十二生肖裡，有什麼動物比牛重？）

按趙師爺的想法，在上位者都是要人孝敬的，只是希望人家孝敬的方式略有不同而已；而他的工作，就是要揣摩出主子喜歡人家用什麼方式來孝敬，再投其所好就是了。

不料，劉羅鍋仍然說：「不必不必，什麼形式都不必，我真的心領了，你就代我謝謝大家吧！」

趙師爺微微一楞，「那——還是就安排六頓接風飯好了，六六大順嘛，原來計畫中至少有十幾頓的……」

「怎麼又提吃飯？」劉羅鍋不覺皺了皺眉頭，「趙師爺，咱們才剛認識，也難怪你對我還不太了解，我跟你說，我這人乾脆得很，說話絕不會拐彎抹角，或儘打啞謎要讓你來猜，你放心吧，我說不必就是不必，我說心領就是心領，絕不會還有別的意思。」

「那——」趙師爺覺得十分尷尬，只好腦筋一轉，趕快說：「那就讓咱們府裡的王媽，這幾天給您多燒幾道好菜，王媽的手藝其實挺不錯的。」

劉羅鍋笑了，「這也不必刻意啦，不是我彆扭，或者故意這麼不通人情，而是我對吃向來不講究，真的簡單得很，所以實在不必刻意為我大費周章。事實上，今天早上，我已經叫張祿兒去買三十錢米糧，我吩咐他，米糧買回來以後，煮點粥，再搭著咱們昨天一路上沒吃完的硬麵餑餑，頂多再叫王媽炒兩樣家常菜，就可以了。」

趙師爺心裡儘管半信半疑，畢竟不敢再多囉嗦，免得萬一新任知府大人真的是一個稀有的清官，見他這麼囉嗦，不是要懷疑他平日的操守？誤以為他有那麼多的不良惡習嗎？其實天知道，還不是因為以前的主子喜歡那一套。

「喔，對了，」劉羅鍋說：「麻煩你把那些州縣詳報的文書整理一下，叫人送到書房，我待會兒就過去看。」

趙師爺又吃了一驚，「大人，您今天就要開始辦公了？不多休息一下嗎？您昨天才剛到的呀！」

劉羅鍋摸摸自己的山羊鬍，笑著說：「我已經休息夠了，該開始工作啦！」

三、奇案

劉羅鍋花了一上午的時間在書房裡研讀州縣詳報的文書，其中有一份江寧府首郡上元縣縣令宋雲所呈報的文書，引起了劉羅鍋的注意。

這份文書所記載的是一件殺人命案。死者是當地的一個富商，名叫王有財，他有兩個兒子，分別是卅二歲的王一郎和二十五歲的王二郎，上個月十五號晚上，王有財被兩個兒子發現遭人持尖刀刺死在臥室內，第二天經查是王有財的義子孫平和所為，現有孫平和的口供做為證明。

「嚇，一天就破案了？這麼厲害啊？」劉羅鍋嘟囔了一聲，隨即把趙師爺叫來，把這份文書拿給他看。

「你瞧瞧，這份文書是怎麼寫的？這麼草率！」劉羅鍋說：「人命關天，一件命案，既然抓到了兇手，就該將兇手行兇動機、經過，還有查案的過程統統記載清楚，怎麼可以這樣三言兩語，只用『經查』兩個字就帶過？何況，一天就可以破案，這樣的效率也太驚人了吧！」

趙師爺看了文書，也點點頭說：「是，大人說得沒錯，是記載得太草率了。」

劉羅鍋喝了一口熱茶，又伸手摸了摸自己的山羊鬍；在這當兒，趙師爺都僅垂著手站在一旁，偷偷瞄著劉羅鍋，不敢隨便插話。

劉羅鍋沈思了一會兒，以沈穩的語調問道：「趙師爺，你是我的師爺，我要問你一句話，你可得據實回覆我。」

「是！」

「據你所知，這上元縣縣令宋雲的為人如何？」

「回大人，宋知縣為人耿直，素有清官之稱，多年來頗受地方老百姓的愛戴。」

「喔？」劉羅鍋心想，既是清官就好，就不會因為貪圖什麼利益，拿了什麼人的好處，而隨便亂判了。

半晌，劉羅鍋又問：「那宋雲斷案一向都是這麼高效率的嗎？」

「那倒不是，這一個案子的確是破得特別快。」趙師爺說罷，稍稍停頓了一會兒，才大著膽子鼓起勇氣說道：「據卑職私下得知，關於這個案子，地方上還有一些靈異方面的傳說。」

「是嗎？」劉羅鍋的眉毛往上一揚，瞪大了眼睛說：「這倒有趣，你不妨說來聽聽。」

「卑職也是輾轉聽說的，因為宋知縣的師爺與卑職也等於半個同鄉，前些日子剛巧來卑職家中作客……」趙師爺首先想強調所謂靈異傳說絕不是自己憑空捏造，而確實是有人告訴他的。

其實，趙師爺的這點心思，聰明如劉羅鍋，根本再清楚不過，於是不免有些心急地催促道：「行了行了，這些我都知道，你就跳過這些開場白，直接導入正題吧！」

「是！」趙師爺笑得有些尷尬，「卑職聽說，上元縣縣衙接受報案當天，死者的冤魂就回來顯靈了。」

接著，趙師爺把他聽到的傳聞詳細報告了一遍。劉羅鍋平靜地聽著，中途一點兒也沒有打岔。

「原來如此，我明白了。」劉羅鍋摸摸鬍子，微笑地對趙師爺說：「我看這個案子一定大有文章，請你現在就差人去把宋知縣請來，順便把這個命案的兇嫌孫平和也提來，就說本府要親自審問。」

下午，宋雲急急忙忙地來了。宋雲有一張方方正正的國字臉，說話時的語調和神態，都給人一種十分誠懇的感覺。經過簡短的寒暄，劉羅鍋已足可斷言，宋雲的為人的確相當正直，是一個非常體恤老百姓的好官。

問題是，好人也會犯錯，並不是只有壞蛋才會做出錯誤的判斷；不同的是，好人常會在不自覺中犯錯。好人即使在做出錯誤的判斷以後，往往也仍然一心認定自己是正確的。

「我今天請您過來，是想向您求證一件案子的破案經過。」劉羅鍋決定單刀直入的切入重點。

宋雲恭謹地回答：「不敢不敢，還望大人指教。」

劉羅鍋拿出「王有財命案」的文書，放在宋雲的面前，客客氣氣地說：「是這樣的，我看了這份報告，覺得記載得太過簡略了，所以有很多地方看不明白，比方說，我感到十分驚奇也十分佩服，您居然可以在短短一天的時間就宣告破案，抓到兇手，您可不可以告訴我，究竟是怎麼辦到的呢？」

雖然受到劉羅鍋幾句誇獎，宋雲並沒有立刻表現出很驕傲的樣子，只是十分認真的說：「回大人，當初王家來報案的時候，其實也是毫無頭緒，一點線索也沒有，只是——」宋雲停頓了一會兒才繼續說：「卑職當天晚上從特殊管道得知王有財的義子孫平和涉有重嫌，這才派人去把他給抓來的。」

「孫平和被抓來了以後，很快就承認自己的犯行了嗎？」劉羅鍋問。

「不，這窮書生仗著自己伶牙俐齒，最初也是一心狡辯，甚至根本不承認命案當天曾經去過王家，不過，後來禁不起一點用刑，就全部都招了。」

「等一下，您剛才說孫平和根本不承認命案當天去過王家，那一定是有人看到他偷偷地溜進去作案囉？」

「這倒沒有，不過，我們有一項鐵證，證明孫平和當天確實有去過。」

「什麼鐵證？」

「在花園的亭子裡有一盤殘棋，王家的人一致作證指出，平日王有財只跟他的義子孫平和下棋，或者也可以這麼說，只有孫平和會陪王有財下棋，因為王有財的兩個兒子根本就不會下棋。」

「我懂了。」劉羅鍋又看了一下文書，「這報告上說，王有財是在臥室遭人刺死的，對不對？」

「是的。」

「那您辦案還真夠仔細的，不僅勘查臥室，居然還立刻清查了後花園，王有財和孫平和平日都是在後花園下棋嗎？」

「不，他們平日倒幾乎從未在後花園下過棋。」

「喔？」劉羅鍋露出一副饒有興味的神情，「那您怎麼會福至心靈派人去看後花園，然後還搜到一盤殘棋呢？」

「這個——」老實的宋雲頓了一頓，不好意思地說：「卑職不敢邀功，其實並不是卑職福至心靈，而是——而是透過特殊管道得知的。」

「是嗎？」劉羅鍋目光炯炯，「這是您第二次提到特殊管道了，我實在很想知道，到底是什麼特殊管道？」

「這個——這個——請大人原諒，實在是不便說明。」宋雲突然支支吾吾起來，好像十分為難。

「看您的樣子，好像很神祕，」劉羅鍋笑了，「不會是跟怪力亂神的事兒有關吧？」

宋雲是一個老實人，聽劉羅鍋突然這麼一提，一時反應不過來，結結巴巴地說：「回大人，確實——確實是非常的匪夷所思啊！」

「沒關係，不要急，您慢慢說吧，」劉羅鍋安慰道：「現在，這個案子本府已決定要親自審理，您的證辭至關重要，把您碰到的事情一五一十地統統說出來吧！」

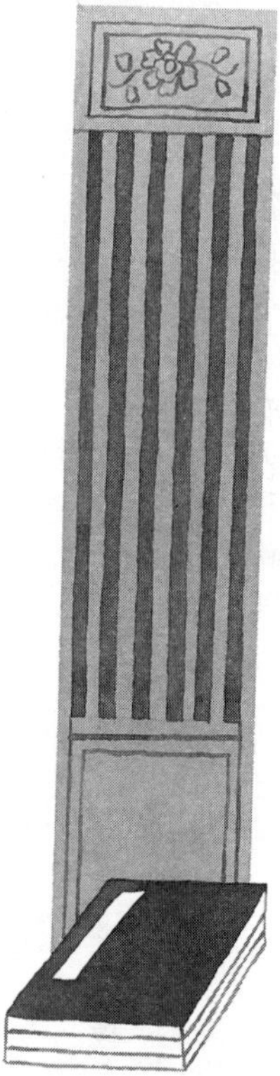

四、冤鬼告狀

宋雲說，最初王有財命案真的是毫無頭緒，因為命案現場——王有財的臥室並沒有遭人強行進入的跡象，顯見兇手一定是與王有財熟識，才能自由進出他的臥室，並趁其不備一刀刺進他的要害；同時，王家的人個個聲稱王有財的來往單純，所開設的布莊也早就交給兩個兒子王一郎和王二郎去管理，自己並不插手，大家怎麼也想不出會有誰如此痛恨王有財，而對他下此毒手。

受理報案的當天晚上，宋雲踏出書房，正要走回內室就寢的時候，一拉開書房的門，在暗淡的月光下，竟然看見一幕不可思議的駭人景象——一個披散著滿頭銀髮，身穿胸前染滿鮮血長袍的老人正低著頭，跪在書房通往內室的長廊上！更恐怖的是，老人還一直顫抖著發出陰森森的哭聲，迴盪在長廊裡，真是令人毛骨悚然。

宋雲用力扶了一下門框，強作鎮定的喝了一聲：「什麼人？」喝出的聲音有些尖銳變調，也有些發抖，充分暴露出他內心的恐懼；不過，跪在長廊上的浴血老人似乎並沒有注意到，只是繼續哭著說：「冤枉啊，大人！」

「半夜三更，什麼人在這裡喊冤？」宋雲又問了一次。現在，他比較沒那麼害怕了。

「大人，我——我是王有財啊！」

「王有財？」宋雲的腦子轟然一響，這不是今天命案死者的名字嗎？

「胡鬧！你知道這裡是什麼地方？居然敢跑到這裡來胡說八

道！」

「不不不，我真的是王有財啊！」老人又陰陰的哭了，「幽冥之路路迢迢，若不是因為您是青天大老爺，只有您能為我洗清冤情，閻王爺還不肯放我回來呢！大人，我的時間有限，請您仔細地聽我說，殺我的人，是我那忘恩負義的義子孫平和，他是為了圖謀我的家產才這麼做的，今天下午，他來找我，我們在後花園下棋，後來他騙我回臥室，趁我毫無防備，一刀刺進我的胸膛。您若不信，明天不妨差人到後花園去，您會發現在小亭子裡有一盤殘棋，這就是孫平和那畜生今天來過我家的證據，大家都知道平日我只跟他下棋的。」

大概是被「青天大老爺」那番讚美的話沖昏了頭，宋雲果真立刻一付正義凜然的樣子承諾道：「好，我知道了，我一定會仔細調查的，你放心的回去吧！」

第二天，宋雲親自去看了一下死者王有財的屍體，發現王有財的銀髮和長袍的式樣，甚至長袍胸前染血的位置，都和昨天晚上自稱是王有財的老人一模一樣，心裡多少已經有了譜；再派人去王家後花園的小亭子裡一看，果然發現了一盤殘棋，便更加篤定，昨晚的確是死者王有財的鬼魂跑來告狀，為毫無頭緒的案情指點迷津。

把孫平和抓來以後，他自然是矢口否認，聲稱自己一整天都在家裡看書。「幸好」這些窮書生的皮肉都嫩得很，根本不經打，稍微一用刑，就統統都招了。

「事情的經過就是這樣的，卑職所言，句句屬實，絕對沒有一句是無中生有。」宋雲說罷，就神情嚴肅地閉上嘴，倒真是一副坦蕩蕩的樣子。

劉羅鍋摸摸山羊鬍，沈思了片刻，開口了：「我相信您所說的全部都是您親眼所看到的，不過——親眼所見就一定是真相嗎？就一定是事實嗎？」

宋雲一愣，「您是說——」

劉羅鍋喝了一口熱茶，慢條斯理地說：「我想請問您，那天晚上，王有財的鬼魂是如何出現的，您看見了嗎？」

「回大人，卑職沒有看到，卑職看見他的時候，他已經跪在那裡了。」

「他的面貌，您看清楚了嗎？」

「回大人，當時因為光線昏暗，再加上他自始至終一直都是低著頭，所以並沒有看清楚。」

「好，那他後來是如何離開？您看見了嗎？」

「這倒是看見了，在我叫他安心離去之後，他就站起來以極快的速度翻牆走了。」

「喔?是翻牆走的?這倒新鮮,我還以為鬼都是飄走的,或是憑空消失——嗯,仔細想想,我過去還一直以為人和鬼是沒有辦法像人跟人這樣直接對話的。」

「呃——這個——這個——卑職過去也不知道。」宋雲不知道該如何回應劉羅鍋的話,不覺開始冒起了陣陣冷汗。

劉羅鍋又想了一下,「還有一個問題想請教您,王有財的家產現在是由誰在管理?」

「據卑職所知,慘案發生之後,王一郎和王二郎兄弟倆就分家了。」

「這實在是沒有道理啊,」劉羅鍋說:「照報告上說,孫平和是圖謀王有財的財產才下手殺害王有財,孫平和的自白書也是這麼說的，對不對？可是，殺了王有財之後，孫平和並沒有得到任何一點財產啊，這不是很奇怪嗎？」

宋雲想了好一會兒，才大著膽子說：「回大人，卑職是想，只怪孫平和萬萬想不到死者會顯靈，更萬萬想不到他在命案第二天就會被逮，否則，以平日王有財疼愛他的程度，王有財死了，是很可能會分給他一部分家產的。」

「可有白紙黑字證明這一點？」

「證明什麼？」宋雲楞楞地問。

「證明王有財死後，孫平和可以分到家產啊。」劉羅鍋不由得提高了一點音調；他有點兒急，因為他覺得宋雲的反應實在有點兒遲鈍。

「這個——這個——好像沒有。」宋雲困窘地回答道。

「所以，鬧了半天，孫平和為圖謀王有財家產而殺害王有財的說法，根本只是一種猜測，對不對？」

宋雲想了一想，豆大的汗珠開始滴了下來。

「是——是的，」宋雲不得不困難地說：「我想，您說得沒錯，那的確只是——只是一種猜測。」

其實，劉羅鍋在這個時候對案情已經猜出了幾分，尤其是在他看過那個「書生兇手」之後，更不相信那個看來弱不禁風、手無縛雞之力的窮書生會是兇手。不過，劉羅鍋還是謹慎地問孫平和：「關於那盤放在後花園小亭子裡的殘棋，證明你在命案發生當天去過王家這一點，你怎麼說？」

「回大人，」孫平和氣弱游絲，「我實在也不知道，我只知道義父和我從未在後花園下過棋，而且，義父下棋有一個習慣，一定要下完，分出勝負為止，然後，由輸的人負責收拾棋子，我真的不知道後花園的那盤殘棋是怎麼回事啊！」

劉羅鍋心想，是啊，擺在後花園小亭子裡的那盤殘棋實在是太刻意了，好像是專程要擺在那裡展覽似的，其實，這又能證明什麼呢？就算王有財平日只和義子孫平和下棋，光憑這一點，就能證明那天孫平和真的去過王家嗎？

「好，我知道了，」劉羅鍋對那可憐兮兮的孫平和說：「你放心吧，如果你真的是無辜的，我保證一定會還你一個公道！」

「謝大人！謝大人！」孫平和感激涕零，頓時磕頭如搗蒜，他原本以為自己一定死定了，沒想到現在又重新燃起了一線希望……

五、出衙私訪

劉羅鍋回到內室，忙把張祿兒叫來。

「祿兒，你快把我的道袍、道冠、絲絛、水襪、雲鞋，還有毛竹板統統拿來。」

「大人，您又要假扮成雲遊老道啦？」

「是啊，」劉羅鍋笑著說：「一方面去查案，一方面了解一下這裡的風土民情，畢竟，江寧可是六朝古都啊！」

才一會兒工夫，劉羅鍋已換上道家的衣袍，做好道士的打扮，還肩背一個藍色的小包袱，裡頭包了兩本書和兩塊毛竹板。

張祿兒從後門偷偷把劉羅鍋送出去，劉羅鍋低聲交代道：「我不在的時候，衙門裡的大小事情，你要小心照應，別讓任何人知道我出衙私訪，我一到入夜就會回來。」

「知道了。」張祿兒小心地張望了一番，確定沒有人看到，這才趕緊關上後門。

劉羅鍋來到大街，只見來來往往的人還真不少，熙熙攘攘，熱鬧非凡。劉羅鍋順著大街一直走；他的目的地是命案死者王有財的家。

王有財的家是一棟大宅院，從外觀上看，就相當氣派。劉羅鍋觀察了一會兒，從小包袱裡拿出毛竹板，一邊搖，一邊扯開嗓門高聲道：「來喲！有緣早把山人會，瞧瞧大運與流年，算著只要錢一百，算不著嘛倒罰一吊錢！」

他沿著王家外牆走了一會兒，還走不到一圈，就有一個丫鬟奔出來叫住他：「喂！先生，我家大少奶奶要算命呢！」

這大少奶奶就是王一郎的妻子周氏，王二郎則還沒有成親。

坐定之後，劉羅鍋就恭恭敬敬地問：「娘子，算什麼？」

「算流年，算一個屬牛的，丁丑年癸卯月己亥日乙酉時出生。」

劉羅鍋裝模作樣的掐指一算，皺著眉頭說：「啊，不瞞娘子，今年是白虎神押運，年頭大大地不好，近日之內，此人恐有性命之憂，厄運難逃啊！」

「什麼！天啊！」周氏驚恐萬狀，「難道就沒有救了嗎？」

「我再算算。」劉羅鍋沈思片刻，露出困惑的神情道：「怪了，照卦中看來，解鈴仍需繫鈴人，若需解除厄運，關鍵在乎此人一心，旁人竟幫不上忙。」

「天啊！那可怎麼辦！」周氏看來真是焦急得不得了，「道爺，請您幫忙想想辦法吧！錢不是問題。」

「能不能請問娘子，你算的這個人是您的什麼人？如果能夠告訴我，我的算卦就能更精準些。」

「是我的丈夫。」周氏很快地回答。

「好的，您別急，讓我再算一算。」隔了半晌，劉羅鍋終於說：「娘子，恕我直言，剛才我進來的時候，就覺得府上院子裡兇得厲害，我當然也注意到府上最近一定剛辦過喪事。是老太爺吧？不過，奇怪的是，照這卦中看來，老太爺難道是橫死的？而且，您丈夫的厄運恐怕與老太爺的死脫離不了關係。實在抱歉，天機不可洩漏，我只能說這麼多了，反正，我剛才也已經告訴您了，關鍵在您丈夫自己的手上，旁人實在幫不上忙，您就多勸勸他吧。」

周氏一聽，臉色大變，急急站起來對丫鬟說：「好了好了，趕快拿錢打發這位道爺走罷。」

劉羅鍋走後，周氏真是站也不是，坐也不是，忐忑不安地在屋裡走來走去。後來，實在忍不住了，就把丫鬟叫來：「趕快派人去布莊把大少爺給找回來，就說我有重要的事情要找他。」

等到王二郎回來，周氏立刻氣急敗壞地把算命的事兒說了，王二郎的臉色霎時也變得很難看，「真有這回事兒？」

「哎呀，難道我還會騙你不成！」周氏跺著腳低聲說。

「妳也真是的，好端端地幹嘛算什麼命！」

「我這些天來總是心神不寧，胸口老犯疼，」周氏極為不安地猛扯著手絹，「再加上——再加上那件事情以後，夜裡總是睡不好——」

「噓！小聲一點，別說了！」王二郎生氣地阻止周氏再說下去。

「我實在是好擔心啊，二郎——會把事情弄妥吧？」

「會啦，妳就別管了。」王一郎說完拔腿就走，走了兩步又回過頭來叮嚀著：「妳要鎮定一點，聽到沒有！真是，早知道打死我也不會告訴妳！」

還沒入夜，劉羅鍋已經回到了府裡。他在後門敲了三長兩短的暗號，等候在附近的張祿兒立刻趕過來替他開門。

「大人，您回來得早了。」

「嗯，」劉羅鍋輕手輕腳閃進內室，吩咐張祿兒，「你快差人去把牢裡那個窮書生孫平和提來，我有話要問他。」

等到孫平和提來了，劉羅鍋直截了當地問他：「孫平和，你老實說，你跟王一郎、王二郎兄弟可有什麼過節？」

「沒有啊！」

「真的沒有？你仔細地想一想。」

「真的沒有，小的平日根本很少碰到他們。」

「好，那你先告訴我，你是怎麼認識王有財的？」

「在一家茶館裡，認識了以後，因為聊得來，就比較常聯繫了。」

「王有財可曾在你面前埋怨過他的兩個兒子？」

「有是有，不過——大人，我這樣在背後說他們是非，不大好吧！」

劉羅鍋覺得又好氣又好笑，指著孫平和罵道：「看你這個笨蛋書生！都什麼時候了，還這麼鄉愿！如果我告訴你，王有財的死，和你所受到的冤枉，可能都跟這對兄弟有關，你相信嗎？」

「怎麼會呢？」孫平和大驚失色，「他們或許不喜歡我，可是義父畢竟是他們的父親啊！」

「世風日下，有違人情和倫常的事情太多了，」劉羅鍋說：「你先別管這麼多，把你知道的統統告訴我就是了。」

「好吧，坦白說，義父是經常批評他們……」

「批評什麼呢？」

「這幾個月以來，他們兄弟倆老吵著要分家，義父十分光火，他常跟我說：『我還沒蹬腿呢，他們就想分家了，成何體統！』除了心理上的感受不好之外，我知道，義父不肯分家也是有原因的，因為他聽說一郎和二郎都喜歡賭，他擔心家產分了之後，會被他們糊裡糊塗地輸掉，所以他想把家產看牢一些。」

「王有財可曾提過將來要分部分的家產給你？」

「有是有，可是我從未當真過。事實上，當初我也是覺得義父好像很孤單、很寂寞，一郎和二郎好像都沒什麼時間陪他，而我也是子然一身，所以就常在一起作伴。義父說要認我作義子，已經是很抬舉我了，我怎麼還敢奢望別的？所以——我實在怎麼也想不到，義父的鬼魂竟然會到宋大人那裡去喊冤——我實在是想不懂，如果死後有知，義父怎麼會這麼做呢？」說著說著，孫平和竟然傷心地哽咽起來。

「去去去！哭什麼哭！」劉羅鍋突然怒道：「說你笨，你還真笨，讀書人居然還相信那些怪力亂神的事兒，你的書都讀到哪裡去了？若是我不救你，我看你到死都還是死得莫名其妙、糊裡糊塗！」

孫平和被這麼一罵，嚇了一大跳，嘴巴張得老大，呆了半晌，才撲到地上喊著：「大人救命！大人救命！」

他擔心劉羅鍋一生氣，就真的不管他了。

其實，劉羅鍋在罵他的同時，心裡已經有了一個主意。

六、將計就計

劉羅鍋回到書房，立刻把趙師爺和差役陳大寶叫來。

「以我的判斷，」劉羅鍋摸著山羊鬍說：「一定是王一郎和王二郎這兩個逆子一再要求分家，都遭到王有財的拒絕，才憤而聯手除掉王有財，並且嫁禍給那沒用的書生孫平和。」

「可是，大人，恕小的多嘴，」趙師爺畢恭畢敬地說：「命案當天，王一郎和王二郎一整個下午都在布莊，有好多人都可以作證，他們是晚上回到家，一起去王有財的臥房，要向王有財請安時，才發現王有財早已遭人刺死，當時和他們兄弟倆一起發現這個慘劇的，還有王家上上下下好幾個家僕——」

「這些我都知道，不過，你有沒有想過，他們不需要親自動手啊，就像他們不需要親自跑到宋大人府上去裝神弄鬼一樣。」

「您是說——」

「沒錯，以我的推測，」劉羅鍋笑著說：「他們必定是利用宋大人一向以正直出名，所以買通了飛賊，假冒成是王有財的鬼魂，跑到宋大人那裡去告狀。你們知道嗎？宋大人告訴我，那個鬼後來是翻牆走的，這不是很可疑嗎？總之，宋大人中了計，深信那個冒牌鬼的片面之詞，第二天把孫平和抓來以後，由於深入為主的觀念已根深柢固，就草率用刑，倒楣的孫平和，就這麼被屈打成招了。」

「哎呀，大人！您的推測太有道理啦！」

陳大寶拍手樂道：「我本來也覺得鬼告狀實在很奇怪。」

趙師爺狠瞪陳大寶一眼，懊惱著這臭小子怎麼把他的「台詞」給搶先說了？

其實，陳大寶是個粗人，哪有趙師爺那番心思，他只不過是想到什麼就說什麼罷了。

陳大寶興致勃勃地繼續說：「那我們現在怎麼辦？也把王一郎和王二郎抓來狠打一頓嗎？」

這回，是劉羅鍋反瞪陳大寶了。「簡直胡來！不可以再用屈打成招那一套了，懂不懂？我們要讓他們自己暴露犯行。」

趙師爺立刻反應過來，搶著說：「大人可有何妙計？」

劉羅鍋得意地笑著：「我是有一條妙計……」

而王家這兒，這會兒正鬧得不可開交。

王一郎氣急敗壞地痛罵：「豈有此理！當初明明都講好了，現在怎麼突然出爾反爾呢？」

被罵的人名叫丁泉，是市井的一個無賴，會兩下子拳腳功夫；他是在牌桌上認識王二郎的。

「喂！大少爺，我勸你小聲一點罷，別那麼激動，」丁泉冷笑道：「這屋裡現在只有咱們三個，若是隔牆有耳，恐怕不好吧！」

王一郎又氣又惱，轉頭又罵二郎：「都是你！哪裡找來的這種酒肉朋友，說話不算話！」

丁泉一聽，衝著王一郎鄙夷道：「我這酒肉朋友怎麼啦？事情不都給你們辦得妥妥貼貼的嗎？」

「可是當初講好是五百兩的！」王一郎氣呼呼地說。

「是啊，當初是講好五百兩，那是我做一樁買賣的收費，可是大少爺你有沒有想過，我實際上替你們做了兩樁買賣呀，你想想，又宰掉那個老不死的，又去裝鬼，這麼麻煩的買賣，我理當至少收一千兩，這還是看在二郎的面子上才收這個價錢的，你可別搞不清楚行情！」

「胡說！當初明明講好就收一筆的！」王一郎還是不肯讓步。

「算了！算了！」王二郎過來拉拉哥哥，小聲道：「我看，就給他算了吧！」

王一郎怨恨地看著弟弟；前兩天，丁泉開口還要再索五百兩的時候，他就堅決不肯，並且交代弟弟去疏通，因為，那是弟弟的朋友，沒想到，二郎辦事不力，竟然還把丁泉那個無賴帶回家裡來了，說是要讓他們當面溝通，真是氣死人了！

王一郎正想要繼續反駁，至少也要開始討價還價，他實在不願意再付出五百兩銀子；就在這時，外頭傳來恐怖的尖叫：「鬼呀！鬼呀！老爺回來了！」

屋內的三人霎時都立即往外一看，連原本躲在竹簾後偷聽的周氏也跑出來。

只見院子裡的一棵大樹下，站了一個人，儘管有段距離，再加上今晚沒有月亮，看不清楚那人的臉，可是從他的衣著，和披散的銀髮看來，實在很像死去的王有財，甚至——那人的胸前彷彿還有一大灘血跡！

「天哪！」膽小的周氏首先歇斯底里地叫了一聲，隨即雙膝一軟，癱軟在地上。

「這——這——」王一郎和王二郎也哆嗦著不自覺地往後退，怕得不得了。

只有丁泉不信邪，裂嘴罵了一聲三字經，就衝了出去。不過，他還沒衝到「王有財」的面前，就被牆外飛進的一個黑影擋住，頓時纏鬥起來。

來人正是差役陳大寶，他可是武舉出身，丁泉那市井無賴所會的幾下三腳貓的工夫哪裡會是他的對手？三兩下就被打趴在地上。

這時，樹下的「王有財」也走過來，大聲朝屋內喊著：「屋裡的王一郎、王二郎聽著，咱們老爺傳你們馬上到衙門裡去問話！」說罷還從懷裡掏出劉羅鍋簽署的傳票，扔在地上。

這「王有財」原來根本不是什麼鬼魂，而是趙師爺假扮的。趙師爺看了被制伏在地上的丁泉一眼，交代了一聲：「把這個無賴也押回去！」

書生孫平和的冤獄就這樣平反了。王一郎、王二郎和丁泉統統殺了頭，周氏因事先並不知情，也未參與，但事後知情不報，罰坐三個月的牢，以示薄懲。

至於那原本一向自視為青天大老爺的宋雲，也被劉羅鍋大大地申斥了一番：「人命關天，你居然相信怪力亂神之說，又屈打成招，簡直可惡！回去好好反省反省罷！」

「是。」宋雲這才低著頭，慚愧萬分地離去。

七、惡少逞兇

初到江寧，便漂漂亮亮地辦了「王有財命案」，不但將惡人繩之以法，也免除了一場冤獄，劉羅鍋頓時聲名大噪，百姓們都深深慶幸來了這麼一位能幹的好官。

這天早晨，劉羅鍋一早起來，洗臉更衣之後，吃了簡單的早餐，就立刻升堂。手下喊堂完畢，紛紛恭敬地站立在兩旁。劉羅鍋剛要處理一些未完的公事，忽然有一個老頭兒慌慌張張、搖搖晃晃地走進來，然後就地一跪，雙手高舉著一張狀紙，淒厲地大呼：「冤枉啊！大人！」呼完又頻頻磕頭，看來十分可憐。

劉羅鍋吩咐手下，「去把狀紙接過來。」

狀紙接過來了，劉羅鍋攤開一看，只見上面寫著：「小民楊天生，家住江寧府東邊的楊家村，離江寧府不到十里。小人有兩個女兒，長女名叫楊月茹，今年十六歲，小女名叫楊月娥，今年十五歲，都還未出嫁。江寧府西北有一座王家鎮，小人的岳家都住在那兒。三天前，小人岳丈家有喜慶，小人一家擬前往王家鎮岳丈家參加慶典，沒想到中途經過何家村時，村裡有一個惡少，名叫何達理，瞧見小人的兩個女兒貌美，竟然在光天化日之下，將她們倆強行擄走，小人去何府要人，還被他們給打了一頓，小人實在沒辦法，只好來到大人台前鳴冤，還望大人主持公道，替小人做主，並且救回小人的兩個女兒。」

劉羅鍋看完狀紙，熱血沸騰地怒道：「好哇，江寧地界竟然還有這種無法無天之徒，簡直是可惡至極！」

「是啊！求大人為小民做主啊！」可憐的老頭又顫抖著頻頻磕頭。

「楊天生！」劉羅鍋同情地望著那憂傷無助的老人。

「小民在！」

「你這狀紙上寫的，句句屬實嗎？」

「絕對沒有半句虛假！」

「好，」劉羅鍋威嚴地說：「你先暫且回去，將狀紙留在這裡，本府一定會儘快處理此案。」

劉羅鍋退堂之後，回到書房，張祿兒剛沏好一杯茶端來，劉羅鍋已急著吩咐他趕快去把趙師爺找來。

趙師爺來了，劉羅鍋劈頭就問：「這江寧府北門以外，有一個何家村，村裡有一個惡少，名叫何達理，你知道嗎？」

「知道，」趙師爺說：「事實上，方圓百里之內，恐怕沒有人會不知道這號人物。」

「是嗎？那你倒要仔細地說給我聽聽。」

「他的父親何尚文曾經做過一任雲貴巡撫，早已去世，何達理是何尚文唯一的獨子，從小備受寵愛，所以驕縱慣了。何達理有一個很壞的毛病，就是性好漁色，經常強搶民女，任意扣押，要一直等到他感覺厭倦，才會把那些姑娘從府裡給趕出來。大人，不瞞您說，其實地方父老對於何達理早已怨聲載道，過去幾年，狀告過他的人也不少，只是——」

「只是什麼？」

「何尚文老先生雖然是不在了，但是何府仍然家大業大，所以——」

「我懂了，又是『有錢能使鬼推磨』，是不是？」劉羅鍋憤慨地說：「簡直是太囂張了！好！今天我既然接了狀子，就一定要秉公處理，教訓教訓這個目無王法的登徒子！」

「不過，據卑職所知，何府深似海，如果我們貿然派人去何府，不見得真能搜查到什麼，再說，兩位楊姓姑娘此刻是不是仍在府裡也還不知道，恐怕得先弄清楚才好。」趙師爺提醒道。

「說得也是。」劉羅鍋沈思片刻，「麻煩你趕快把陳大寶叫來罷。」

陳大寶來了以後，劉羅鍋神情嚴肅地望著他，「大寶，我知道你身手不凡，又是一個嫉惡如仇的漢子，現在，我有一個任務想交付於你，老實說，或許會有點兒危險，不知道你願不願意？」

陳大寶急忙拱手抱拳，「願意！大人就儘管吩咐吧！」

劉羅鍋笑了，「我就知道你是一個爽快的人！好，你現在趕緊回去把這身衣服換了，換成便服以後再來找我，我們即刻出發！」

「敢問大人去哪兒？」

「去何家村，找那叫何達理的惡棍！待會兒，我在前頭走，你只管在後頭跟著，咱們不要走在一塊兒，免得啟人疑竇。」

「是！」

陳大寶走後，劉羅鍋又喚來張祿兒，要他準備道袍、毛竹板等，打算又要裝扮成會算命的道爺。正在穿戴的時候，夫人出來，見劉羅鍋又要出衙私訪，十分反對。

「嗳，你何必總要這樣辦案呢！」夫人的口氣透露著相當程度的不滿。

「這樣才不會打草驚蛇啊！」劉羅鍋說：「放心吧，沒有人會認出是我的。」

「你以為沒人會認出你就安全了?你有沒有想過，如果碰到危險，真的沒人認出，或萬一只被少數人認出，那可就麻煩大了。」

「是，我知道，」劉羅鍋陪笑道：「所以我才叫陳大寶保護我呀！夫人請放心吧！」

八、落入賊人之手

劉羅鍋和陳大寶一前一後來到何家村，找到何府之後，劉羅鍋對陳大寶說：「我這就進去探探虛實，你就在外頭等著；至於下一步要怎麼做，等我出來以後，咱們再做討論。」

「是，大人一切小心。」

「放心罷。」劉羅鍋信心滿滿地從藍色小包袱裡拿出毛竹板，大步朝何府走去，一邊走還一邊吆喝：「來喲！有緣早把山人會，瞧瞧大運與流年，算著只要錢一百，算不著嘛倒罰一吊錢！」

其實啊，劉羅鍋對算命之事僅僅只懂得一點皮毛，但他還挺懂得如何虛張聲勢，再加上伶牙俐齒，反應又快，總是能把別人唬得團團轉。

劉羅鍋剛走到何府門前，裡頭就跑出來一個僕人，朝他招手，「喂！算命的！我們家少奶奶找你進去算命！」

這少奶奶白氏，年紀很輕，容貌也挺不錯，就是眉宇之間充滿一種說不出來的哀怨；她就是那惡棍何達理的妻子。

「先生，請坐吧。」白氏報上何達理的生辰八字，然後低下頭，小聲地說：「我想請先生算算，我丈夫——何時才會走完這桃花運。」

白氏說的固然小聲，劉羅鍋仍然聽得真切，一聽之下，立刻火冒八丈。他勉強按捺住胸中的怒火，裝模作樣地算了半天，然後故意擺出一副為難的樣子說：「娘子，這——實在是不好說呀！」

白氏一看劉羅鍋這模樣，心知他必定是算出了什麼，立刻迫不及待地說：「先生，你就直說了罷！」

「娘子是說——直說無妨嗎？」

「是的，是的！直說無妨！」白氏猛點頭。

「好，不過我還是得先有言在先，我所說的都是根據這靈卦上所顯示的，絕不是我刻意汙蔑——」

「知道了，知道了，」白氏白著臉說：「先生就請趕快直說罷！」

「照這卦上看來，府上老爺不是命帶桃花，而是——」

「而是什麼？」白氏的聲音已經開始顫抖了。

「而是命帶煞星，一直在造孽啊！」

「啊！」白氏尖叫一聲，不由得冷汗直冒。

「還有，這卦上說得很明白，因為這些年的造孽，已經使得府上老爺折壽不少，若再這樣下去，後果將不堪設想。」

「那——那該怎麼辦呢？」白氏似乎被嚇得都快哭出來了。

劉羅鍋正要回答，忽然聽到有僕人喊著：「老爺回來了！」回頭一看，只見一個衣著講究的闊少，大剌剌地走了進來；離他不遠的身後，還有一個年紀和他相仿的年輕人緊緊跟著。

「這人一定就是何達理了，在他身後的大概是他的狐群狗黨吧！」劉羅鍋心想，決定不動聲色。

白氏一看何達理回來，立即拋下劉羅鍋，焦急地走向何達理，哭喪著臉說：「老爺！快把前兩天擄來的那對姐妹放了吧！算命先生說，這會折壽的呀！」

「呸！又是算命！」何達理怒斥道：「不是交代過妳幾百遍了，不准算命！妳怎麼又忘了！『窮算命，窮算命』，妳當真要把我給算窮才甘心呀？真是可惡！」

「可是，我也是為你好啊……」白氏可憐兮兮地說。

「去去去！我一看妳這副可憐相就討厭！趕快給我滾！」何達理兇巴巴地吼道：「把這個算命的也給我一併轟出去！我要跟姚兄喝酒，趕快叫人給我準備上好的酒菜！」

「慢著！」原本走在他身後的姚為，突然走向前來，專注地看著劉羅鍋好一會兒，然後冷冷地說：「何兄，這個算命先生可不能隨便放他走啊！」

「為什麼？」何達理粗裡粗氣地反問。

「哼，他可不是普通的算命先生，他是乾隆爺御筆親點的江寧知府啊！」說著，姚為還對劉羅鍋冷笑道：「劉大人，早就聽說您喜歡出衙私訪，原來確實如此啊！」

「什麼？」何達理和白氏都大吃一驚。

何達理瞪著劉羅鍋，實在看不出他有何官樣，轉過頭來懷疑地問姚為：「他會是江寧知府？你沒弄錯吧！」

「何兄，難道你忘了我『包打聽』的外號？」

「可是——」何達理上上下下打量著劉羅鍋，還是不信，「這糟老頭其貌不揚——嚇，還是一個羅鍋呢！怎麼可能會是江寧知府？」

劉羅鍋聽了，心裡固然有氣，表面上仍然鎮定地順著何達理的話說：「是啊是啊，我怎麼可能會是什麼知府呢？這位老爺就別取笑我了吧！」

姚為上前一步，再細看了一會兒，「錯不了的，別裝了！就是你！」

說完，也不跟劉羅鍋囉嗦了，轉頭對何達理說：「何兄！快點叫人把他拿下！」

劉羅鍋一聽，真是大吃一驚；既然這賊人如此肯定他就是知府大人，居然不趕快下跪相迎，還要叫人把他拿下？簡直是膽大妄為到了極點！但是此刻他似乎也不好承認自己就是知府，該怎麼辦呢？……

劉羅鍋表面上不動聲色，心裡頭卻已經開始緊張……

現在，何達理也相信姚為的話了，但是，他的反應，不是害怕，而是震怒！

「好哇！居然打扮成這副模樣混到我家來，什麼意思啊？」何達理氣得跺腳直罵，「也不打聽打聽我是誰，難道你不知道上一任知府就是被我弄走的嗎？」

「何兄，別跟他廢話了，」姚為湊過來對何達理說：「先趕緊叫人把他拿下再說啊！」

「對，氣死我了！來人啊！」何達理放開嗓門一喊，不一會兒，有兩個家僕果然立刻趕到，聽令將劉羅鍋帶到後院，鎖到一個空屋裡去了。

「真是可惡，壞了我的興致！」何達理恨恨地說。他原先是想，楊月茹和楊月娥姐妹倆抓來了好幾天，也餓了她們好幾天，態度該軟化了，今天本想夥同好友姚為一起來作樂的，沒想到都被劉羅鍋給搞砸了。

何達理愈想愈氣，看到旁邊早已嚇得目瞪口呆的白氏，氣得上去狠狠抽她一嘴巴，痛罵道：「都是妳！沒事就愛算命！下次妳再隨便叫人進來算命，看我不打斷妳的狗腿不可！」

九、陳大寶救主

陳大寶在何府外頭苦候多時，一直不見劉羅鍋出來，真是急得不得了。

他來回不斷踱著，勉強耐著性子又等了一會兒。

「不好了！」陳大寶心想：「大人在裡頭一定出事了！否則怎麼會進去這麼久還不出來？」

他本想直接過去拍門要人，轉念一想，又覺得此舉似乎太過魯莽，左思右想，唉，還是只有等到天黑再說罷。

劉羅鍋被關進那間空房之後，倒也不慌張。透過一方小窗，看見外頭天色還亮，便慢條斯理地盤算著：「陳大寶只要見我遲遲沒有出去，就會知道事情必定是出了差錯，他一定會想辦法營救我的，只希望他沈得住氣，等到天黑以後再想辦法摸進來……另外，也希望那兩個可惡的賊人不要輕舉妄動，多琢磨琢磨對付我的辦法……」

劉羅鍋算得沒錯，何達理和姚為果然一直在為處理劉羅鍋而傷腦筋。

姚為說：「總而言之，這老頭兒絕對不能放他回去，他既然敢來私訪，一定是不懷好意。」

「這我知道，可是，該怎麼除掉他呢？」何達理想了一想，「有了！乾脆今天晚上放一把火把他給燒了算了！」

「那不是白白糟蹋了房子？」

「說得也是，那就──亂棍把他打死好了。」

「這恐怕也不大好吧？依我看，他絕不會一聲不吭就自己來的，出衙私訪之前，他必定告訴過少數一兩個親信，說是要上大哥您這裡來，所以，若是等不到他回去，很可能過兩天他們就會上這裡來要人了，而到時候，府上人多嘴雜，難保不會透露出一點風聲。」

「唉，真麻煩！」何達理煩躁地說：「那我就實在沒主意了，姚兄，你說這事兒該怎麼辦呢？」

「何兄，我先問你，剛才負責把那羅鍋押走關起來的家僕靠得住吧？」

「靠得住，他們對我一向是忠心耿耿。」

「那就好，那依我看，這件事就不要再讓其他的人知道，咱們就這樣不聲不響地就成了。」

「你是說——」

「咱們活活餓死那羅鍋！」姚為眼露兇光，「你放心，咱們只要一切如常地過上十天八天的再去開鎖，保管那老小子已經一命嗚呼了。」

「嘿！妙呀！」何達理拍手大樂，「好，就這麼辦！就這麼不聲不響地困住他！」

「我聽說這羅鍋的性子倔得很，所以，八成是寧可餓死也不會開口求饒的。」姚為很有把握地估量著。

「哈哈！那就真的是徹底的無聲無息啦！」何達理囂張地狂笑，幾近得意忘形地說：「我就說嘛，這些讀書人，一個個都是食古不化，如果連命都要沒了，還有什麼好倔的咧！好啦，那我們現在不必再為那臭羅鍋煩心了，還是喝酒吧！」

說罷，就吆喝家僕立即準備豐盛的酒菜，打算痛飲一番。

其實何達理和姚為算錯了，被關在何府私人牢房裡的劉羅鍋，儘管不屑開口求饒，以免有辱知府的尊嚴，可也不會「無聲無息」，坐以待斃。

那他幹嘛？

何達理和姚為作夢也想不到，一入夜之後，劉羅鍋朝著那一方小窗（那也是對外唯一的窗口），竟大聲地吟起詩來了。

「君不見，黃河之水天上來，奔流到海不復回；君不見，高堂明鏡悲白髮，朝如青絲暮成雪……」

劉羅鍋為什麼要這麼做呢？原來，他是想到陳大寶趁黑摸進何府之後，何府這麼大，叫陳大寶從何找起？不如他大聲吟詩，不斷發出聲音，陳大寶只要聽到他的聲音，自然就知道他人在那裡了。

這一招果然奏效，陳大寶已暗暗搜尋了好一會兒，卻毫無所獲，正在著急發愁，忽然聽到遠處傳來琅琅的吟詩聲，再一細聽，哎呀！

那中氣十足的聲音，不就是劉大人嗎？

陳大寶立刻飛身趕到空屋前，敲了敲門，輕聲問道：「大人，是您吧？」

劉羅鍋非常高興，連忙道：「是我！大寶，你可來了！」

陳大寶一伸手握住鎖頭，再用力一擰，鎖頭立即應聲而斷。陳大寶推開門，黑暗中，從那一方小窗透進來的月光，依稀可見劉羅鍋正站在窗下。

「大人！」陳大寶咕咚一聲跪了下去，「請原諒小的救護來遲，讓大人委屈了！」

「沒事沒事，」劉羅鍋上前攙起陳大寶，「現在趕快把我弄出去就行了！」

劉羅鍋和陳大寶逃出何府之後，立即調兵遣將，包圍了何府。何達理仗著自己的家丁家僕眾多，竟然還負嵎頑抗，後來還是經過一番激戰才被生擒。楊月茹、楊月娥還有其他幾個也是無辜被綁來的女子，全部獲救。

第二天早晨，劉羅鍋升堂，將何達理、姚為等罪狀說了一遍，當場結案。不久，令地方父老痛恨已久的何達理等一幫惡棍，就統統都被斬首示眾了。

不過，為了這個案子，劉羅鍋也慘遭夫人狠狠地發威教訓了一番：「早跟你說，私衙出訪很危險，你總是不信，以後不許再這樣辦案，聽到了沒有！」

十、江總督過壽

這天，劉羅鍋剛在書房練罷書法，趙師爺就走進來，恭恭敬敬地問：「大人，過兩天就是江總督的生日了，您看我們該備些什麼樣的壽禮才好？」

劉羅鍋歪著頭想了一會兒，「不送不行嗎？」

「大人，」趙師爺小心翼翼地說：「恐怕不太好吧？按往例，江總督每年生日，各府至少總要準備八樣禮物的。」

「八樣？」劉羅鍋驚訝地重複了一次。

「這是最少的了。」

「唉，」劉羅鍋輕嘆一聲，「並非我小氣，而是深感送往迎來這一套實在是不必要，生活應該簡樸一點嘛。尤其是如果我們這些父母官講究這一套，百姓就會有樣學樣，久而久之，社會風氣就會浮華不堪。」

「是，大人說得很對，不過——江總督是您的直屬長官，年紀又比您大，他老人家過壽，您送點兒小禮，略表心意，也是人之常情，如果完全置之不理，會不會——太不近情理了？」

「也罷，」劉羅鍋說：「那就送八樣實惠的小禮好了。」

「哪八樣呢？」

劉羅鍋略微沈思片刻，提筆寫了一張禮單，上面列了八樣壽禮。

劉羅鍋寫罷，放下毛筆，把禮單交給趙師爺，「你就按這禮單去採辦吧，江總督生日那天，我親自送去。」

趙師爺接過禮單一看，不禁愣住了。愣了半晌，嚥了嚥口水，才鼓起勇氣艱難地問：「大人，這會不會——會不會——」

「怎麼？」劉羅鍋馬上就猜到趙師爺的意思，「你覺得太寒酸了嗎？」

「那倒不是，小的只是——只是覺得，會不會——有點兒不夠正式？」

「那怎麼會呢？」劉羅鍋不以為然道：「有道是『千里送鵝毛，禮輕情意重』，人家過生日，我們就該送些實用實惠的壽禮，江總督想必是一個通情達理的人，不會不明白這個道理。」

趙師爺見劉羅鍋心意已決，不敢再多囉嗦，只好領了禮單退下。

到了江總督生日那天，劉羅鍋帶著張祿兒和幾個家僕，由張祿兒他們挑著那八樣壽禮，出了自己的衙門，向東南方走，親自往江總督那兒去祝壽。

到了江總督衙門的轅門外，說明來意，江府的家僕便請劉羅鍋稍後，然後領了禮單朝裡頭走去。

「大人，江寧府劉墉劉大人來給您祝壽，這裡是禮單。」

「好，拿過來看。」江總督接過禮單，慢條斯理地看起來，沒想到愈看愈氣，到最後索性把禮單一丟，大吼道：「豈有此理！這算是什麼壽禮！」

家僕瞄了一下被扔在地上的禮單，只見上面寫著：

「豬肉三斤，

麵條六斤，

大蒜一斤，

大米三升，

硬麵餑餑十二個，

壽桃二十個，

家鄉老鹹菜一缸，

豆腐三大碗。

一共八樣，小小心意，敬請笑納。」

看了這八樣壽禮的內容，連家僕都忍不住笑了。

而江總督呢，正氣得吹鬍子瞪眼，拍著桌子大罵：「早聽人家說這羅鍋難纏，果真如此！送這種什麼亂七八糟的壽禮，簡直是存心給我難看！」

江總督愈想愈光火，乾脆衝著家僕氣呼呼地說：「去！快去告訴他們，就說本大爺今年不做生日了，叫他們把那些狗屁壽禮統統抬回去吧！」

於是，家僕回到轅門，一邊忍住笑，一邊傳達了江總督的意思：

「劉大人，高大人說今年不做生日了，壽禮也不收了，勞煩您費心，不好意思，請您統統抬回去吧！」

儘管家僕已好心主動地將江總督的話修飾了一番，但是明眼人當然還是一眼就看出，其實江總督是嫌劉羅鍋送的禮太輕，不肯收罷了。

「好吧，既然大人不收，也就算了，祿兒呀！」劉羅鍋喚來張祿兒，吩咐道：「把咱們帶來的這些壽禮就地分掉，你們就先回去吧，不過，在回去之前，替我先弄張椅子來。」

「做什麼呀？」張祿兒一頭霧水。

「你別問這麼多，照我說的話去做就是了。」

椅子找來了，劉羅鍋堅持要張祿兒和其他家僕先回去，然後就大模大樣地在轅門坐了下來。

「大人，您怎麼不請回呀？」江總督府裡的家僕一臉疑惑地問。

「沒事沒事，你去忙你的吧，別管我。」

結果，家僕方才疑惑地走開，就發生了一件事；其他各府的送禮隊伍也陸續來啦，可是，才剛走近轅門，劉羅鍋馬上迎上去笑著說：「各位都是來送壽禮的吧？我是江寧府劉墉，高大人剛才已經傳話出來，說今年不做生日，也不收壽禮，叫我們統統把壽禮抬回去，我準備的壽禮已經都叫家僕抬回去了，各位也請回吧！」

其他各府準備的壽禮都是些珍貴的金銀珠寶，一聽說江大人今年不過生日，不收壽禮，一個個都大喜過望，馬上就真的歡天喜地的紛紛往回走。

江大人在書房裡等著大小官員送來壽禮，可是左等右等，怎麼等就是等不到除了劉羅鍋之外的第二份禮單。正在納悶，忽然見家僕慌慌慌張張地奔進來報告：「不好了！江寧府劉大人逕自宣布大人今年不過生日，把來祝壽的眾官員統統趕走了！」

「什麼！」江總督氣得渾身發抖，差點沒當場暈了過去，「這可惡的臭羅鍋，當真是上咱們這兒撒野來了！快！快點去把他給我叫進來！我倒要當面問問他，到底是什麼意思！」不一會兒，劉羅鍋就被請進來了。

江總督氣呼呼地瞪著他，「劉大人，咱們明人不說暗話，我看，你對『作壽』這件事一定很有意見吧？」

「實不相瞞，卑職自己是從來不過生日的，一年三百六十五天，天天如一日。本來卑職還以為只有卑職如此，所以，當卑職得知大人今天生日，還是準備了八樣壽禮來為大人祝壽，略表心意，沒想到大人也是爽快之人，竟然不從流俗，也省去了作壽這些繁文縟節，卑職的心裡真是有說不出的高興呀！」劉羅鍋一本正經地說著，活像沒事兒似的。

其實劉羅鍋哪裡會不知道江總督現在正在氣惱他？事實上，江總督氣得腦門都快要炸了！但一想到方才也是自己說了氣話，說今年不過生日、不收壽禮，劉羅鍋不過是「打蛇隨棍上」，用自己方才的氣話來套住自己，現在實在也不好否認……江總督愈想愈氣，愈想愈氣……

「大人，您還好吧？」劉羅鍋忽然一臉關心地問。

「我——我怎麼啦？」江總督氣呼呼地反問。

「您的呼吸好像很急促啊，沒什麼不舒服吧？」

江總督狠瞪劉羅鍋一眼，很想說：「還不都是被你這臭羅鍋氣的！」但嘴巴張了一張，還是忍住了，於是儘量想裝得若無其事地說：「其實，作作壽也沒有什麼嘛，當今聖上在太皇太后過生日的時候，為了表達孝心，不是還下令在西華門到西直門外高粱橋的十里長街上，張燈結彩，聽說每隔數十步就搭一個戲台，步行其間，一會兒聽到的是霓裳曲，一會兒看到的是羽衣舞，熱鬧得不得了……」

江總督說得如癡如醉，不覺又繼續說道：「聽說朝廷大臣和地方官員也都紛紛獻上壽禮，光是各地獻的金佛，就有上萬尊之多啊……」

這時，江總督的表情有點兒複雜；想到那些壽禮，十分羨慕，想到劉羅鍋今天擋掉了好多他本來可以收到的壽禮，又十分氣憤！

聽江總督敘述乾隆皇為太皇太后作壽的情形，劉羅鍋的臉上倒是一片憂心，輕輕地嘆了一口氣說：「唉，這並非百姓之福啊，太奢華、太鋪張了啊……」

「是嗎？」江總督一聽，突然眼睛一亮。

「嘿嘿，」江總督的心裡惡毒地想著：「我知道該怎麼整你了，太好了，哈哈……」

十一、豆腐大餐

清朝經過康熙、雍正兩朝的恢復和發展，社會經濟呈現一片繁榮的景象，不僅全國耕地面積比順治年間增加了三分之一，達到六百餘萬頃，全國人口也達到三億以上。

乾隆皇在二十五歲登基以後，滿懷雄心壯志，很想有一番作為。他覺得他的祖父康熙皇帝主政風格過於寬鬆和放縱，而他的父親雍正皇帝又太過嚴苛，所以，他決定要揉合祖父和父親兩人明顯不同的風格，採用剛柔並濟的方式來治國。

此外，乾隆皇是一個好大喜功之人，仗著當時國庫充裕，於是連年用兵，追求一些戰績，還自稱「十全武功」、「十全老人」，志得意滿之情，溢乎言表。

乾隆皇原本就是奢侈成性，在自認為無論軍事或政治都已獲得極大成就之後，就更加揮霍無度。乾隆皇在位六十年，六次遊江南，四次謁祖陵，五次遊五台山，同時，每年要到承德狩獵，且經常到曲阜祭孔，到河南告詔嵩山。每次乾隆皇出遊，地方官員為了投其所好，總要花費大把的銀子——動輒二、三十萬兩銀子，盛大「接駕」。比方說，乾隆皇喜歡乘船順運河遊江南，地方官員就勞師動衆地在運河兩岸搭滿了戲台和彩棚，並且排列著綿延不斷的彩船。有的時候，乾隆皇的船隊——他所乘坐的「龍舟」以及大大小小的隨行船，竟多達一千多艘，而且都是由年輕力壯的男子和女子去拉縴，俗稱「龍須縴」。

江總督生日過完之後不久，就是乾隆皇南遊的日子，江總督擬好要惡整劉羅鍋的毒計就是——當乾隆皇來到江寧這一帶時，交代劉羅鍋負責接駕。

江總督打的如意算盤是這樣的：「這個臭羅鍋，如果真像他自己所說的那麼簡樸，他擺出來的菜式一定會讓當今聖上氣得跺腳，如果他也不能免俗，而大肆鋪張，我就可以好好地羞辱他，拆穿他那一副假道學的面孔，叫他以後少在我面前故作清高，哈哈……」

得知自己將負責處理接駕事宜，劉羅鍋心裡很清楚，這是江總督存心要整他，但根本不以為意，還是一副老神在在的樣子，倒是趙師爺，緊張兮兮，誠惶誠恐，戒慎恐懼得不得了。

「大人，」趙師爺神情嚴肅地問道：「依您的高見，市容要不要趕緊美化一下?聽說揚州上回為了接駕，每一條大街小巷都鋪上了精美的毯子……」

「別開玩笑了，」劉羅鍋皺著眉頭，「簡直太胡鬧啦！」

趙師爺停頓了一下，思考片刻，又說：「那──咱們府裡的用具要不要部分更新一下？聽說揚州上回不僅為聖上造了行宮，裡頭的用品也非常講究，就連痰盂都是用銀絲鏤嵌……」

「噯，你別一直揚州長、揚州短，行不行？」劉羅鍋有些不耐地打斷了趙師爺的話，「揚州那裡，商人雲集，商人嘛，最愛擺闊了，咱們這裡有的是內涵，何必跟他們比！」

趙師爺原本很想說：「內涵有用嗎？」但想想還是不敢講得這麼直接，於是改用另外一種比較含蓄的說法：「大人說得沒錯，揚州的確滿街都是商人，所以要大家捐錢蓋行宮比較容易，不過──不過，聖上好像就是喜歡這一套呢！聽說當時聖上看那些行宮那麼漂亮，非常高興，不但把那些捐錢蓋行宮的商人召來賜宴，還分別賞給他們每人頂戴一級……」

「哼，這還不是受了那些小人的鼓動！聖上大方，一高興就發賞了。」

趙師爺在心裡暗暗地嘆了一口氣，無奈地想，不蓋行宮，不鋪錦毯，不換用具……好吧，那就先討論菜單吧。

「大人，」趙師爺恭恭敬敬地遞上一張早已寫好的菜單，「這是卑職試著擬好的一份菜單，請大人指教。」

劉羅鍋仔細看了菜單，皺了一下眉頭，便提筆一揮，並且不斷地喃喃自語：「這個不要，這個不必，這個可以省了罷……」

等到趙師爺接回菜單一看——天哪！這份經過劉羅鍋修訂後的菜單，就跟劉羅鍋上回為江總督擬的壽禮禮單一樣，簡直令人絕倒！

「大人，」趙師爺哭喪著臉說：「您這麼一刪，就全剩下豆腐啦！二十幾樣菜，全是豆腐！」

「很好哇！」劉羅鍋笑瞇瞇地說：「二十幾樣菜，夠多啦！」

趙師爺把菜單看了又看，真是欲哭無淚：他原先擬了六十幾道菜，結果，被劉羅鍋刪掉三十幾道！什麼駝峰、燒鵝、猴腦、熊掌、魚羹……統統被刪了。

劉羅鍋摸了摸山羊鬍，微笑地對趙師爺說：「你放心，我自有道理，到時候我自會跟聖上說明的。」

「怎麼——怎麼說明呢？」趙師爺的聲音都要發抖了。

「你瞧。」劉羅鍋立即揮毫，俐落地寫下八個大字：

「常吃豆腐

有益健康」

「這——這能管用嗎？」趙師爺有點兒懷疑，但看到劉羅鍋那麼一副胸有成竹的自信模樣，不免又覺得，或許劉羅鍋說得對，或許這「八字真言」真的會管用……

「天啊！」趙師爺還是在心裡暗叫一聲，「可一定要管用啊！」

十二、步步高陞

趙師爺垂頭喪氣地從劉羅鍋的書房退出來，迎面碰到了張祿兒和陳大寶。

「師爺，您怎麼啦？」陳大寶關心地問。

「是啊，怎麼這麼沒精神？」張祿兒也問：「是不是有哪裡不舒服？」

趙師爺重重地嘆了一口氣，沒頭沒腦地說：「豆腐，居然只吃豆腐……」

陳大寶和張祿兒互望一眼，一頭霧水。

「誰只吃豆腐？」張祿兒問。

「不會是有人吃你豆腐吧?」陳大寶說:「告訴我,我去教訓他!」

「不是啦,」趙師爺心慌意亂地說:「是大人只準備給聖上吃豆腐!這——這不是開玩笑嗎?有人會這樣接駕嗎?唉,我真擔心萬一到時候聖上發火,就會把我們統統都給宰了,然後把我們的腦袋統統打成豆花!」

陳大寶和張祿兒又互望一眼。

張祿兒首先說:「不會那麼糟的啦,我相信大人一定有他的辦法。」

陳大寶則說:「而且,萬一聖上真要我們腦袋搬家,砍了就砍了,我想不會有人有興趣還來把我們的腦袋打成豆花的。」

這會兒,輪到趙師爺和張祿兒互望一眼,再看看陳大寶,都不知道該說什麼才好了。

結果，也算劉羅鍋運氣，乾隆皇行至江寧一帶時，不知道是不是夜裡受了一點涼，或是旅途勞累，龍體違和，剛巧胃口不佳，不想再吃大魚大肉，而想吃一點清爽的東西，因此看到劉羅鍋準備的「豆腐大餐」反而覺得賞心悅目；再加上劉羅鍋伶牙俐齒，能說善道，把「吃豆腐」的好處加油添醋吹得天花亂墜，更讓乾隆皇以為這類「豆腐大餐」是劉羅鍋基於健康、營養等觀點所精心準備的。

此外，乾隆皇看到劉羅鍋所寫的「常吃豆腐，有益健康」，對劉羅鍋的書法也非常欣賞，當下就決定要劉羅鍋回到京裡去做「內閣大學士」。

原來，翰林院不久前剛提出了一個重大的建議，希望成立「四庫全書館」，編一部規模空前的叢書，名稱就叫做《四庫全書》。翰林院裡的一些翰林認為，明朝的《永樂大典》雖然是一部很了不起的類書，保存了許多當時已經散失的古籍，可是《永樂大典》的整理方式，是把許多珍貴的文獻拆散，再分類容納，雖然便於大家按專題查閱，卻不易獲得許多書籍的原貌；因此，《四庫全書》的目標，就是希望把許多珍貴的書籍，尤其是古老的文獻，一一抄寫還原。

可想而知，《四庫全書》這麼龐大的計畫，需要多少人才共同參與，初期包括總纂、總校等大大小小的官員，至少就要三百多人。（註：若再加上負責抄寫和打雜的，「四庫全書館」先後組織了三千多人。）

乾隆皇早就聽說劉羅鍋很有文才，見面之後，相談甚歡，於是便立刻決定要延攬他加入編輯《四庫全書》的工作。

江總督知道這個消息之後，真是氣得腦門發脹，只差沒當場吐血！

「這個可惡的臭羅鍋！」江總督咬牙切齒地大罵：「怎麼偏偏就會有這種狗屎運！我好恨！我好恨啊！」

而劉羅鍋呢，則若無其事地吩咐家人家僕，趕快整理東西，準備即日赴京，擔任新職去了。

十三、冒死進言

劉羅鍋離開江寧那天，江寧府的衆多部屬默默地把劉羅鍋和張祿兒送到交界之外。

對於劉羅鍋的離開，大家的心情不太一樣。趙師爺是有點兒暗自慶幸，因為他覺得劉羅鍋太不按照常理出牌，行事作風太不同於一般人，這樣實在很危險，自己若長期跟在他身邊做事，遲早會遭到拖累，即使沒事，每天也不知道被嚇死多少神經；但是陳大寶覺得跟在劉羅鍋身邊做事很過癮，這樣辦案實在是太有意思了，他就實在很捨不得劉羅鍋離開。

不過，不管怎麼樣，大家都不能否認，劉羅鍋確實是一個好官，也非常的照顧部屬；所以，對於劉羅鍋的高陞，一方面固然為他感到高興，一方面多少也是有些依依不捨，陳大寶這大塊頭更是難過得鼻頭、眼眶都紅紅的。

剛要辭別州縣，劉羅鍋正想叫大家別送了，忽然看到前面鬧烘烘的一片。

「前面是怎麼回事？」劉羅鍋納悶地問。

大夥兒定睛一看，張祿兒首先叫出來：「大人，好像是百姓們也來送您呢！」

「哎呀！」劉羅鍋馬上就想到趙師爺，急忙轉過頭來問趙師爺：「是你發動的嗎？」

「沒有啊！」趙師爺連連搖手。

趙師爺心想：「犯不著嘛，您今天都要走了，我何必還要拍這種沒有什麼效益的馬屁呢！」

劉羅鍋大步上前，只見百姓們紛紛跪在地上，一見到他就充滿感情地殷殷叫著：「大人！大人！」

「噯，快起來快起來，你們這是做什麼呀！」劉羅鍋伸手去攙扶跪在地上的百姓們，並且問道：「是誰要你們來的？」

不料，百姓們一個個異口同聲地說：「沒人叫我們來，是我們自己來的。」

「真的？」劉羅鍋顯得相當意外。

「當然是真的。」一個白頭髮、白鬍鬚的老者，手捧著一盞酒杯，由人攙扶著慢慢走向前，目光含淚地對劉羅鍋說：「大人來到江寧，愛民如子，處處以百姓福祉為念，眾百姓實在無以為報，今天只有以水酒一杯來為大人餞行，望大人此去一路順風，飛黃騰達。」

「哪裡哪裡，」劉羅鍋忙說：「本府從未想過自己要如何飛黃騰達，只希望能真正為百姓們多做一點事。你們的心意，我實在是非常感動，你們的期望，我一定會牢牢地記在心裡。」

劉羅鍋接過旁人送過來的一杯酒，先和白髮長者對飲，再將空酒杯朝群眾亮了一下，然後揮手向大家致意，頻頻說：「可以了！謝謝你們！回去吧！」

說罷，劉羅鍋和來的時候一樣，跨上驢子，朝驢肚子踢了一下，就這麼走了。由於欽命緊急，他還是先帶著張祿兒前去赴任，家眷則在近日內隨後跟來。

劉羅鍋走了一會兒，回頭一看，只見百姓們還沒有散去，還在依依不捨地望著他。

「回去吧！回去吧！」劉羅鍋再度揮手，然後「快驢加鞭」，趕緊離去；他想，只要自己趕快消失，大家也就可以回去休息了。

一路上，劉羅鍋一直反覆想著百姓對他的盛情，久久不能忘懷……

到了京裡之後，按例必得先去見了聖駕，才能回到住處。

劉羅鍋見了聖駕，乾隆皇問道：「愛卿一路可還順利？」

「託聖上的福，一路平安。」劉羅鍋恭敬地說。

「很好，」乾隆皇說：「那你就擇吉日上任吧。對了，上回在江寧，只顧跟你討論『豆腐養生之道』，忘了問你民情如何。怎麼樣？你現在可以告訴我，江寧一帶的民情怎麼樣啊？」

「啟稟聖上，」劉羅鍋語調沈穩地說：「微臣其實正想向聖上奏明此事。」

「好，你說吧！」

「聖上或許有所不知，每逢聖上南巡，地方官員為了接駕，總是大肆鋪張，極盡奢華之能事，因此，聖上南巡之後，百姓總是不可免地會因此受到波及，生活困苦，怨聲載道。何況，如此惡性循環之下，最嚴重的還是會形成一種很不好的社會風氣，就以飲食來說，一般達官貴人和升斗小民在飲食上懸殊的花費，早就超過了『富人一頓飯，窮人半年糧』的程度，這實在是一種偏差的、不公義的社會風氣……」

劉羅鍋滔滔不絕，乾隆皇卻臉色大變，愈聽愈惱。

「放肆！」乾隆皇大吼一聲：「照你這麼說，難道是要朕今後不再南巡？」

「如果聖上能夠減少南巡次數，必定是百姓之福……」

「哼，」乾隆皇生氣地說：「曾經有過一個笨蛋，叫什麼來著？

也要朕減少南巡次數，結果被朕貶到新疆戍邊去了，你知不知道！」

「知道，」劉羅鍋仍然慢條斯理地說：「但事實上，聖上每次南巡，地方官員一味巴結奉承，確實侵擾百姓良多，微臣本著良知，不能不斗膽向聖上進言……」

「斗膽？哼，確實是好大的膽子！簡直是不知輕重！來人呀！」

乾隆皇怒氣沖天地指著劉羅鍋，向左右吼道：「立刻把這個羅鍋給我拿下！」

十四、革職為民

乾隆皇原本執意非要殺了劉羅鍋不可，但是令他感到驚訝的是，竟然一再有人為劉羅鍋講情。有的說他「很有清名，很受地方父老的愛戴」，有的說他「才華洋溢，是一個不可多得的人才」；總之，乾隆皇後來總算消怒，只是將劉羅鍋革職為民，叫他擇日回山東老家。

這天，當劉羅鍋的妻子一到京裡，很快就得知劉羅鍋因得罪了聖上而丟了差事，啼笑皆非地說：「嚇，你的動作還真快，我人還沒到哪，你倒已經把差事給丟了！」

「這樣才好啊，」劉羅鍋嘻皮笑臉地說：「若是等妳到了，都安頓好了，我才丟了差事，那豈不是又要重新打包？」

夫人看看四周，頗為遺憾的說：「唉，就是可惜了這房子，這房子看起來挺不錯的啊，可惜沒機會住。」

「沒關係啦，其實，咱們一向生活簡單，住哪裡還不一樣，何況，咱們老家的房子不是也挺舒適？」

「嗳，不做內閣大學士，你真的一點也不難過呀？」夫人挺認真地問道。

「不難過，」劉羅鍋很快地回答：「如果真讓我去做，我自然會好好做，但是，現在不讓我做了，我反而鬆了一口氣；夫人有所不知，參與編纂《四庫全書》可不是件輕鬆的工作啊！」

「喔？是嗎？」

「夫人妳想想，為什麼這麼多讀書人對參與編纂《四庫全書》的工作如此趨之若鶩？不就是一種『避世』的心態嗎？」

「你是說——」

「正是。」劉羅鍋立即默契十足地接口。

劉羅鍋指的是當時一般讀書人因為「文字獄」氾濫，詩也不敢寫，文也不敢作，生怕不知道什麼時候，不知道什麼離奇的原因，就會被羅織入罪，因而紛紛躲進古書，躲避災難；像編纂《四庫全書》需要長期埋頭整理古籍，自然是一個莫大的好機會。

其實，從康熙開始，就一直有文字獄，歷經雍正到了乾隆，文字獄更是有增無減。（註：乾隆皇在位六十年，「文字獄」是康熙、雍正兩朝的好幾倍。）

乾隆皇對詩文的解釋十分敏感且霸道。比方說，曾經有一個舉人寫了一首詩，詩中有「大明天子重相見，且把壺兒擱半邊」，乾隆皇就認為「壺兒」一定是指「胡兒」，「擱半邊」一定是指要推翻清朝。還有另外一句「明朝期振翮，一舉去清都」更是不得了，乾隆皇認定「明朝」是指「明王朝」，「去清都」自然就是要「推翻清朝」；當時，寫詩的舉人甚至他的兒子都已經死了，只有兩個孫子，不管那兩個孫子如何解釋「明朝」是指「明天早晨」，「去清都」是指「到北京去」，可是乾隆皇就是不採信，不僅下令殺了那兩個倒楣的後人，還把死去的舉人挖出來鞭屍。

像這樣的例子真是不勝枚舉。不僅寫「清風不識字，何得亂翻書」這樣的詩句必然是死罪，就連詩文裡一不小心出現「夷」呀、「狄」呀、「胡」呀這樣的字眼，也會招來殺身之禍，搞得知識分子人心惶惶，一舉手、一投足都要提心吊膽。

而編纂《四庫全書》固然是一件規模龐大的偉大工程，但許多聰明如劉羅鍋的明眼人，其實心裡都很清楚，曾經下令大肆搜查犯有攻擊清朝嫌疑的野史詩文的乾隆皇，一定會趁整理、校對、抄寫之便，也一舉銷毀許多珍貴的典籍。

這就是劉羅鍋對夫人所說「參與編纂《四庫全書》不是件輕鬆工作」的原因。

「也罷，」夫人十分會意地點點頭：「咱們就回山東老家去算了，至少可以圖個平安清靜。」

「是啊，」劉羅鍋心平氣和地說：「反正，我已經說了該說的話，也已經盡了力，總算是對得起江寧父老了。」

十五、試探

乾隆皇將劉羅鍋革職以後，由於為劉羅鍋講情的人很多，其中並不乏一再讚美他「有清名」，讓乾隆皇起了好奇之心。

「說他有才情、有學問，我都是相信的，」乾隆皇心想：「可是他真有那麼清高嗎？這世間真有這麼不愛財的人嗎？」

乾隆皇腦筋一轉，決心要試探一下劉羅鍋。

乾隆皇宣來三位大臣，吩咐道：「你們拿著三千兩紋銀，到劉羅鍋家裡去，就說是好意要送給他盤纏，看看他會不會收。」

乾隆皇吩咐這些話時，臉上是帶著惡作劇般地笑容。

三位大臣領了君命，不敢怠慢，帶著三千兩紋銀，立即趕到東四牌樓劉羅鍋的家中。

劉羅鍋當時正在練筆，聽聞張祿兒報告三位大臣來訪，心裡覺得很納悶：「我和他們素無什麼特別的交情，現在又是廢員，他們今天突然聯袂來訪，會有什麼事嗎？」

儘管納悶，基於禮貌，劉羅鍋當然還是立刻起身相迎。

張祿兒恭恭敬敬地向三位大人獻茶，三位大人才剛啜了一口熱茶，劉羅鍋就已經直截了當地問道：「不知道三位大人今天蒞臨寒舍，是有什麼指教？」

三位大人互望一眼，心想：「這羅鍋真是快人快語，名不虛傳！」

劉羅鍋見三位大人一直在互相使眼色，不覺笑了，「哪一位說不都一樣嗎？」

三位大人尷尬地笑笑，其中一位代表開口了。

「是這樣的，這次聖上一時盛怒，將劉兄革職為民，劉兄的心裡必定是滿腹委屈。我等三人為略表心意，特地準備紋銀三千兩，送給劉兄當做盤纏，還希望劉兄笑納。」

「是嗎？」劉羅鍋一聽，仍然面帶微笑，「老實講，被革職為民，我倒沒有什麼委屈，不過，既然三位大人這麼好心，我就恭敬不如從命了。」

劉羅鍋竟然收得這麼爽快，三位大人都相當吃驚，一時之間，一個個目瞪口呆，說不出話來，過了一會兒，才有一位在心裡惋惜的暗叫一聲「羅鍋中計了！」之後，連忙回頭叫道：「來人呀！快點把銀子搬進來！」

三千兩紋銀很快就統統搬進來了。三位大人又互相使使眼色，正想趕緊告辭回去覆命，劉羅鍋說話了。

「三位大人真是一片仁心，不過，坦白說，我與三位大人素無特別的交情，三位大人竟然送我三千兩紋銀，實在是不合情理。有道是『明人不做暗事』，請三位大人在寒舍稍坐片刻，待我去問問聖上這到底是怎麼回事？」

說罷，就逕自回到書桌前，提筆匆匆寫了一份奏摺，然後叫張祿兒備轎，離開了家中。

三位大人坐在書房，望著那三千兩紋銀，面面相覷。

其中一位說：「敢情我們是被軟禁啦？」

第二位說：「想必是和那些銀子一樣，被扣押啦。」

第三位則說：「不容易啊，世間果真有像劉羅鍋這樣不愛錢的人啊！」

劉羅鍋進了大宮門，來到奏事門前，和八旗六部眾多文武官員一起等著。

等了好一會兒，終於從裡面走出一個奏事官，大夥兒一看，立刻蜂擁而上，紛紛把奏摺遞了過去。劉羅鍋也遞上奏摺，然後又繼續耐心地等著。

奏事官接了諸多奏摺，就轉身往裡走，並且將奏摺交給內侍，內侍再呈到乾隆皇的面前，乾隆皇便一一御覽起來。

當乾隆皇看到劉羅鍋的奏摺時，一時猜不透劉羅鍋會想跟他說些什麼？更奇怪那三位大臣現在不是應該在他家嗎？他不在家陪客人，怎麼反倒跑到這裡上奏摺來了？

打開一看，只見劉羅鍋寫著：「廢員臣墉，奏聞聖上：三位大臣今天拿著三千兩紋銀到臣家中，說要送給臣當成是回山東老家的盤纏，著實令臣左右為難。臣如果不收，深恐三位大臣見怪，臣如果收了，又深覺和三位大臣並無這樣的交情，實在不應接受這樣的饋贈，因此懇請聖上念臣素來勤勞，把三位大臣宣來，當面問明，究竟是為了什麼緣故要送臣三千兩紋銀，若聖上能替臣子查明此事，臣子感恩不盡。」

「哈哈！」乾隆皇放下奏摺，龍心大喜，不禁高興地想著：「看來這劉墉果真清廉，倒真是一個難得的人才。」

於是，乾隆皇吩咐左右：「快宣劉墉進來見朕！」

不一會兒，奏事門外一聲大喊：「劉墉進見參聖駕，皇爺有話。」

又過了一會兒，劉羅鍋進來了。

「廢員劉墉見駕！」

「劉墉，」乾隆皇微笑地說：「你的奏摺，朕看過了。」

「那聖上願意替臣查明此事，以解臣心中疑惑嗎？」劉羅鍋恭敬地問。

「哈哈！用不著查明，我現在就可以告訴你。」

「懇請聖上明示。」

「那三千兩紋銀，是朕囑三位大臣送到你家……」

不料，乾隆皇還沒有說完，劉羅鍋已經搶著大呼：「謝聖上恩典！原來那三千兩紋銀是聖上賞賜的。」

其實，劉羅鍋從一開始就猜測到三位大臣絕不會平白無故地送這麼多盤纏給他，這件事很可能與乾隆皇有關，所以才趕來奏明乾隆皇，並且將計就計，一逮著機會就套住了乾隆皇。

乾隆皇一看到劉羅鍋搶著叩頭謝恩，怔了一下，隨即會過意來。

「好哇！劉墉！有你的！居然訛去我三千兩銀子！哈哈！」乾隆皇大笑不已，「也算朕活該，不該懷疑你的清廉。」

乾隆皇想了一下，「朕命你立即復職……啊，不不不……」

乾隆皇又考慮了一會兒：「此人必定無慾則剛，性子忸得很，若是留他在身邊，一定一天到晚地上奏摺，豈不是要把我煩死，還是明升暗降，把他攆走吧。」

於是改口說道：「朕命你到保定府去做主考，你就儘速出京吧！」

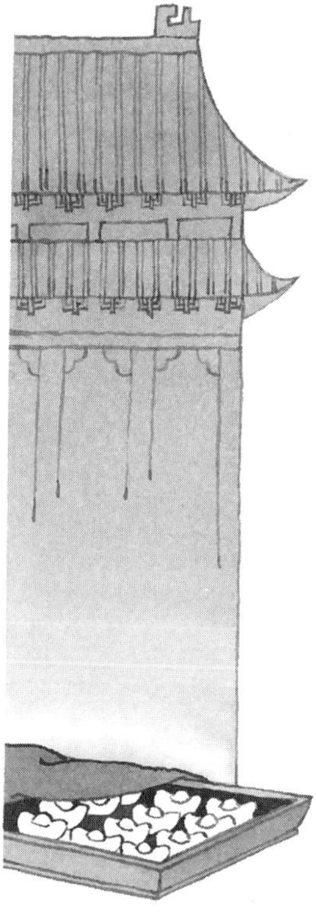

十六、大鬧米場

短短幾天之內，劉羅鍋在京城裡「兜」了一圈之後，又即刻趕往保定。這回在夫人的堅持之下，沒再騎驢，而是坐著四人大轎。但是除了轎夫，並沒有其他隨從，還是只帶了張祿兒。

夫人本來想一起同行，反正衣物、書籍等行李從江寧運來之後，泰半都還沒開箱呢，可是劉羅鍋性急，責任心太重，還是堅持要先走一步。

劉羅鍋坐著大轎，經過一日，快要到定興的路上，忽然看到一群百姓攜老扶幼，成群結隊，惶惶然地向前直奔，好像逃難一樣。

劉羅鍋覺得很奇怪，就大呼一聲：「停轎！」

轎子放下來，劉羅鍋把張祿兒喚來，「祿兒，我想知道這些百姓在幹什麼？要往哪裡去？你去叫幾個人過來吧，我好仔細地問問。」

張祿兒趕緊奔過去，大聲道：「大人叫你們去問話！快點過來吧！」

這些看起來狀甚愁苦的百姓，一個個走上前，跪在地上。一個青年被張祿兒領到劉羅鍋的轎前，劉羅鍋就在轎內問話。

「你們是哪裡人？」

「深州人。」

「現在要去哪裡？」

「京都。」

「京都？為什麼？為什麼要離開家鄉？而且——」劉羅鍋又端詳了一下這些百姓，「你們好像還是集體離開？」

「是的，大人，我們實在也沒有辦法啊！因為家鄉收成不好，鬧饑荒，我們只好暫別家園，集體上京都，想找一點活路。」

「等一下，你剛才說你們是深州人？」

「是啊，大人。」

「我想起來了，深州奉旨放賑，有濟賣官米呀，為什麼你們不買官米？」

「大人，」青年瘦削的臉上現出悲慘的笑容，「您不知道，官米和市面上賣的米一樣貴，我們普通小老百姓還是買不起呀！」

「怎麼會呢？我聽說官米是三百錢一斗，不是嗎？」

「不，是四百錢一斗。」

「四百錢？怎麼會差一百呢？」

「大人，確實是賣四百錢一斗，州官吃七成，衙役等人吃三成，這還不算，去買官米，還總是不足量，買一斗往往只給七升，大人您想想，這樣七折八扣扣下來，官米不就和市面上的米差不多了嗎？」

「豈有此理！居然有這種事！」劉羅鍋不由得怒火中燒，熱血沸騰，痛罵道：「朝廷放賑的美意，就這樣全被一批貪贓枉法之徒統統破壞殆盡！可惡！真可惡！」

劉羅鍋當下就嚴肅地對這群可憐的災民鄭重保證：「你們不必上京都逃難了，統統先各自回家，不要聲張，我保證在十天之內，一定讓你們貨真價實地買到三百錢一斗的官米！」

「謝大人！謝大人！」百姓們紛紛感激萬分地散去了。

劉羅鍋吩咐趕緊起轎，先來到省城保定府，花了三天的工夫，辦完了乾隆皇交辦的主考事宜。保定府官員本想留劉羅鍋多住幾日，好好招待一番，劉羅鍋卻堅持立刻就要動身，說還要上深州辦理公事。

「大人實在是能者多勞啊。」保定府的官員見挽留不了，只好目送劉羅鍋離去。

劉羅鍋日夜兼程趕到深州，住進一家小店。

「祿兒呀，」劉羅鍋說：「明天一早，我就出去買米，麻煩你早上起來以後替我準備一頂破草帽，一套破衣服，一雙破草鞋，外加一個米袋，記住，米袋可不能是破的！」

張祿兒知道劉羅鍋是要打扮成當地農民，還打趣地問：「大人，您這回不扮算命先生啦？」

「傻小子，要去買米當然扮成一般老百姓就行啦，」劉羅鍋笑著說：「明天你和轎夫就先在這小店待著，接近中午時分再去衙門接我。」

「知道了，大人！」張祿兒關心地說：「您千萬要小心啊！」

第二天一早，吃罷早餐，劉羅鍋就換上一身破爛衣服，還把草帽背在背後，剛好遮住了他的羅鍋，然後就出發前往衙門去買米。

到了衙門，只見許多人都等在門口要買米。劉羅鍋走向一個老農民，客客氣氣地問道：「老仁兄，我今天是頭一遭來買米，請教您，不知道待會兒是怎麼個買法？」

「喔，待會兒進去之後，你要先買一塊牌子，四百錢一塊牌子，是一斗，買了牌子之後，再到後頭去打米就成了。」老農民熱心地指點著。

就在這時，有一個差役走出來，朝著大夥兒大聲嚷道：「賣牌子了！」

大夥兒一聽，立刻鬧哄哄地擠進去；就如同老農民告訴劉羅鍋的一樣，先去買牌子，領了牌子再到後頭去打米。

劉羅鍋走到賣牌子的地方，掏出三百錢，放在櫃台上。

「我要買一斗米！」

差役數了一數，「喂！老頭，不夠，四百錢一塊牌子，你這才三百錢！」

「怎麼會四百錢一塊牌子呢？」劉羅鍋正色說道：「奉旨放賑不是三百錢一斗嗎？你們賣四百錢一斗，那多出來的一百錢到哪裡去了？」

「喂！你這個臭老頭！」差役罵道：「看你其貌不揚，倒挺會咬文嚼字，什麼『奉旨』，什麼『放賑』，嚇，說得還挺順口的哩！告訴你，我們就是賣四百錢一斗，愛買不買隨便你！不買的話，就趕緊滾遠些！」

「好吧，」劉羅鍋頓時換了一種說法，「算我老人家是鄉巴佬，既然今天錢沒帶夠，就不買了，不過，您可不可以讓我到後頭去看看，也好讓我見見世面。」

「真是！錢不夠就早說嘛，浪費我的時間！」差役揮手打發道：「去去去，看一眼就滾吧！」

於是，劉羅鍋拿回了三百錢，又晃到後面去看人家打米。看了一會兒，他又火大地叫起來：「好哇！果真是斤兩不足！」

差役惡聲惡氣地瞪著他吼道：「什麼斤兩不足？」

劉羅鍋大聲地說：「明明是買一斗米，你們怎麼只給七升呢！」

「七升就七升，怎麼樣？」差役氣呼呼地說：「給七升已經夠大方了，我們還沒只給五升呢！」

「你們怎麼可以如此膽大妄為！聖上的旨意明明是三百錢一斗官米，濟助百姓，你們卻先多賣一百錢，又不足一斗，這不是私扣民糧嗎？」

「嚇，哪裡來的臭老頭，嘴巴這麼能講！」差役們紛紛七嘴八舌地吆喝道：「咱們趕緊把他拿下，痛打一頓，看他以後還敢不敢多嘴！」

才一會兒工夫，幾個差役就已經衝上來，綑住了劉羅鍋的雙手，還用鐵鏈套住了他的脖子！

十七、米場示衆

這時，州官坐在裡頭，皺著眉頭問道：「外面在幹什麼？這麼吵！」

差役查看了一下，回來報告：「有人擅闖米場！」

州官一聽，大為震怒，猛一拍桌子，大吼道：「大膽刁民，居然敢擅闖米場！來人呀！立刻升堂！」

很快地，劉羅鍋就被帶至堂前。衆衙役喊堂，大喝一聲：「跪下！」

令所有衙役和州官吃驚的是，這一身破舊衣服的老頭，上得堂來，竟然昂首闊步，毫無懼色，而且——哎呀，明明聽到衙役喊「跪下！」可是他非但不跪，雙腿還挺俐落地跳了一下，然後就就地坐下來了！

一個衙役見了，火大得不得了，指著劉羅鍋罵道：「你這個臭老頭，是耳聾了不成！叫你跪下，你怎麼坐下來了！」

劉羅鍋說：「年輕人，態度別那麼惡劣，老先生我的耳朵好得很，只是，我又沒有犯什麼王法，幹嘛下跪？」

「見了我們老爺就該下跪！」衙役大叫。

州官在上頭聽到這一段，更是氣得不得了，大發雷霆道：「大膽刁民！見了本官不下跪，就該先打二十大板！」

劉羅鍋立即回嘴道：「你私扣民糧，就該斬首！」

州官聞之一愣，硬著頭皮說：「你好大的狗膽！居然敢胡亂指控本官私扣民糧！」

「不是胡亂指控，根本就是事實！」劉羅鍋目光如炬，直視著州官說：「明明奉旨賣米應該賣三百錢一斗，救濟貧民，你先多賣了一百錢，又不足一斗，這不是私扣民糧是什麼！」

從來沒人敢當著州官的面指控他私扣民糧，州官一聽，又氣又惱，只差雙眼沒當場噴出火來！

「大膽！」州官老羞成怒，立刻大喝：「來人呀！快把這刁民帶下去，先打他二十大板，讓他老實一點，然後再問！」

「你敢打我？」劉羅鍋大吼。

「為什麼不敢？」州官火冒三丈，「好哇！還敢跟本官大呼小叫，再多加二十大板！」

衙役們正要上前，準備把劉羅鍋拖出去，一個差役忽然慌慌張張地從外頭跑進來嚷著：「報告大人！外頭來了聖主親點保定府的學政主考劉墉的大轎，請大人趕緊出去迎接呢！」

「什麼！」州官一聽，大吃一驚，惶惑萬分地想著：「欽差大人怎麼會突然駕到？難道——難道是聖上請他來查看放米事宜？」

州官因為心裡有鬼，方寸大亂，急急忙忙地指著劉羅鍋說：「算了算了，先別打他了，先把他枷號起來，放在米場示衆，待本官接待完欽差大人，回衙的時候再跟他算帳！」

交代完畢，州官整整衣冠，就慌慌張張地往外走。

衙役們得令，果真三五個擁上來，替劉羅鍋戴上了枷號，還當堂釘得牢牢的，上頭還寫了大大的「刁民」二字。

「好哇！」劉羅鍋大叫：「你們真是無法無天，我又沒有犯什麼法，居然給我戴上這種刑具！」

「誰教你不知輕重，膽敢頂撞咱們老爺，這就是犯法！」一個衙役囂張地說。

「是呀！」另一個衙役也說：「死老頭，別嚷了，你已經佔了便宜了，若不是那個什麼欽差大人突然駕到，大人忙著去迎接，你現在早就屁股開花了！」

「豈有此理！好！既然給我戴上這刑具，我就不拿下來了！」劉羅鍋氣呼呼地說。

衆衙役一聽，紛紛爆笑開來。

「是啊，您老先生就一直戴著吧！您戴著這玩意兒，漂亮得很呢！」說完，就推著劉羅鍋往外走，來到米場之後，就真的把他鎖在一根木樁上示衆。

枷號很重，起碼有三、四十斤，正午時分，太陽又毒，劉羅鍋真被整慘了。

休。

「這狗官！等著瞧吧！」劉羅鍋恨得牙癢癢的，在心裡咒罵不休。

而在米場來來往往買米的百姓們，則都是充滿同情地看著他……

十八、張祿兒護主

州官剛出了衙門，就瞧見劉羅鍋的大轎迎面而來。

走在最前面的自然是張祿兒，他一看到州官一副慌忙出迎的模樣，立刻就有了不祥的預感。

「劉大人在哪裡？」張祿兒心急地叫著。

「劉大人？」州官一頭霧水，真有如丈二金剛摸不著頭腦。

他指指轎子，轎子的簾子是放下來的；州官十分疑惑地問道：

「劉大人不是在裡頭嗎？」

「哎呀！裡頭沒有啊！」張祿兒焦急地叫起來：「劉大人打扮成百姓的模樣，拿了一個米袋，一大早就說要上這兒買米來啦！」

「什麼？」州官的脊背頓時冒起一股寒意，「你說什麼？請你再說一遍！」

「我說劉大人一早就上這兒買米來啦！糟了，難道是你沒有認出來？那我問你，上午這兒可來了一位不尋常的先生，舉止斯文，但舉手投足之間又透著一股貴氣……」

張祿兒愈嚷，州官愈感到眼前一片黑暗。

「完了！」州官覺得雙膝虛軟，差點兒就要站不住地跌在地上；他指一指額頭上斗大的汗珠，恐懼萬分地想著：「那個大模大樣、官腔官調的老頭該不會就是劉大人吧？……天啊，千萬不要，千萬別是他呀！」

「怎麼樣？上午你有沒有看見過這麼一位先生？」張祿兒追問著。

州官牙齒猛打顫兒，唯唯諾諾地說：「有……有是有……」

「那，那位先生現在在哪裡呢？」

「在……在……」州官渾身都抖起來了。

「嗳，真的糟了！」張祿兒心知不妙，懊惱地嚷著：「都怪我，來得太晚了！」

說著，就索性繞過州官，自己衝進去找……

方才州官趕著出去恭迎欽差大臣之後，劉羅鍋在豔陽之下，兀自瞪著眼，大生悶氣。

有兩個衙役，一個叫洪來，一個叫胡歡，看到劉羅鍋那副模樣實在非常的不順眼。

「瞧那臭老頭那副死倔的德性，」洪來說：「咱們去整整他。」

兩人走到劉羅鍋的面前，瞪著他，劉羅鍋卻滿臉不屑地別過臉去。

「喲，」洪來誇張地說：「落在咱們手上，還敢瞧不起咱們？你這老頭究竟是老糊塗了，還是瘋啦！」

「喂！臭老頭！」胡歡也說：「待會兒等咱們老爺回來以後，就有好戲登場了，四十大板哪，有你好受的！」

「是啊，」洪來獰笑道：「只怕你這一把老骨頭，連一半的板子都受不了，就要全散了。」

胡歡看看洪來，會意地笑了一笑，然後湊近劉羅鍋，小聲地說：「老先生，做人要識相，所謂『識時務者為俊傑』嘛，你這一把老骨頭，是絕對挨不了咱們弟兄們的板子的，不過嘛——凡事都有一個變通的辦法，咱們也不是壞人呀，也不忍心看你老先生待會兒真的屁股開花，血流如注啊，所以，只要你願意酧付我們一點『營養費』，我們就願意手下留情，做做樣子就行了……」

「可是我不懂，明明是我要挨板子，為什麼要付給你們『營養費』？我挨了板子以後，應該是我才需要補充營養啊！」劉羅鍋一本正經地問道。

「喂！臭老頭！你別裝傻行不行？我們可是耐性有限啊！」洪來惡狠狠地說。

「就是嘛，」胡歡也說：「盡在那裡咬文嚼字，盡在那裡耍嘴皮，有什麼意思？等到挨打，吃不消了，就曉得厲害了。」

劉羅鍋點點頭說：「說得也是，我現在懂了，只要酌付差爺們『營養費』，差爺們就會神清氣爽，通體舒暢，任督二脈毫無阻塞，這麼一來，下手自然十分精巧，點到為止，是不是這個意思啊？」

「喂！臭老頭！你是在挖苦我們是不是！」洪來掄起拳頭就想狠

揍劉羅鍋一頓。

「算了算了！」胡歡拉住洪來，「別跟他計較。」

胡歡比較關心實際問題。

「你家人知道你上這裡來嗎？」胡歡問道；他心裡的盤算是，只要家人知道，見劉羅鍋久不回去，自然就會尋來，如此就可趕緊正式敲定「營養費」的價碼了。

「喔，兩位差爺放心，家僕知道，而且，應該很快就會來了。」

洪來和胡歡一聽，都大笑道：「家僕？你沒說錯吧！」

洪來還補了一句：「瞧你穿得這麼破破爛爛，居然也會有家僕？真是笑死人了！」

「對了，你住在哪裡？」胡歡問道：「你是本地人嗎？」

「不是。」

「那你是哪裡人？」

「山東。」

「山東？」洪來和胡歡頓時瞪大了眼睛。

「你住山東，居然跑到咱們這兒來買米？」洪來楞楞地問。

胡歡忽然感到有些不安，扯扯洪來的衣袖，低聲道：「我聽說山東有一個劉墉，素來喜歡出衙私訪，你瞧瞧他那一副模樣，細看之下確實有幾分官樣……老天爺，該不會就是他吧？」

洪來也有些慌了，他也知道劉墉的大名。

「可是──可是──」洪來結結巴巴道：「不是聽說山東那個劉墉是一個羅鍋嗎？不會吧……」

就在這時，洪來和胡歡都同時注意到了劉羅鍋背上的草帽。這頂草帽，劉羅鍋從一開始就一直背著，可是剛才他們都沒注意到有什麼不對，現在，卻愈看愈覺得有些蹊蹺……

洪來和胡歡互望一眼，嚥了嚥口水，屏住呼吸，一起慢慢走到劉羅鍋的兩側，然後，胡歡鼓起勇氣慢慢伸手揭掉劉羅鍋背上的草帽……

「不好了！」胡歡尖叫起來：「真的是一個羅鍋！」

「啊！哎呀！怎麼會這樣？」洪來發著抖，顫聲問道：「您——您——真的是——劉——劉墉劉大人——？」

「正是在下。」

劉羅鍋剛一說完，洪來和胡歡就已經「噗通！」一聲紛紛跪了下去，並且拼命嗑頭狂呼：「大人饒命！大人饒命！」

這時，張祿兒也衝了過來，一見到劉羅鍋被綁在米場示眾，難過自責得哭了起來，也立刻跪了下去，「大人！對不起！小的來遲了！

讓您受苦了！」

「不遲不遲，」劉羅鍋微笑道：「你來的正好，這兩位差爺正想和你好好商量一下『營養費』呢！」

十九、去枷

州官嚇得臉色慘白，不住地叩頭討饒：「大人饒命！大人饒命！小的真是瞎了狗眼！瞎了狗眼！」一直叩得額頭都泛出血來。

「免了。」劉羅鍋氣定神閒地說：「你眼睛沒瞎，心眼瞎了，只看得到錢！」

「小的知錯了，小的不敢了！」州官現在有如喪家之犬，和不久前那股囂張的嘴臉，簡直是判若兩人。

見劉羅鍋仍然戴著枷號，甚至脖子上還有鐵鍊，張祿兒急得直跳腳，「還不趕快替劉大人把那些東西給弄掉啊！」

「慢著！」劉羅鍋立刻把頭一揚，「我剛才說過了，我只要一戴上這刑具，就不會拿下來了。」

聽劉羅鍋這麼說，州官恐懼萬分地趴在地上，不住地發抖，不住地想著：「完了！完了！什麼都完了！」

劉羅鍋喚來將官，吩咐道：「先把這貪官看好，等候聖旨前來發落。我這就去稟告聖上。」

說罷，就要張祿兒備轎。

張祿兒十分不解，「大人，您就這個樣子上轎？」

「那可不，我還打算就這個樣子上京呢！」

張祿兒覺得這簡直不可思議，不禁又問：「您戴著這玩意兒能進轎嗎？不會卡住吧？」

「放心吧，我估量過了，」劉羅鍋笑著說：「幸好我個子小，瞧，這枷號還是小號的呢，想必深州的刁民不少，枷號的尺碼居然還這麼齊全。」

趴在地上不敢動彈的州官，一聽到這話，又嚇出一身冷汗。

於是，一身破爛打扮，還戴著枷號的劉羅鍋，就這麼大模大樣地坐進了欽差大臣的轎子。所有看到這光景的差役，個個都拼了老命忍住不讓自己笑出來。

轎子裡果然擱得下那枷號，劉羅鍋甚至乾脆擱在扶手上，還挺舒服的呢。就是轎夫們暗暗叫苦，因為，有了那枷號轎子可重多啦！

起轎之後不多久，穿越了不少大街小巷，就出了深州，前往北京；到了北京，得知乾隆皇此刻正在熱河，又即刻趕往熱河。

終於來到宮外，接事官一看到劉羅鍋這付狼狽的模樣，嚇了一大跳，張口結舌地問道：「劉大人，您怎麼會弄成這樣？」

劉羅鍋笑道：「我正是要來向聖上奏明此事，麻煩您幫我通報一下吧！就說我劉墉奉主命，上保定府考選文單已經結束，特地前來覆命交旨。」

「好的，請您稍候。」

不一會兒，接事官就回來，高聲說：「皇爺有旨，宣劉墉進見！」

乾隆皇見劉羅鍋扛著枷，跪在下面，起初還以為是自己看花了眼，但是定睛一看，沒錯啊，底下跪著的囚犯模樣的人，確實是劉羅鍋啊……嘿，枷號上還寫著「刁民」兩個字哩！

「哈哈！」乾隆皇大笑，「劉墉啊，你怎麼變成刁民啦？」

於是，劉羅鍋便將這一趟保定深州之行源源本本地報告出來。末了，並且鄭重其事地說道：「其實臣會戴著枷來見聖上，也是想懇請聖上原諒臣多事之罪，畢竟，聖上原本只派臣去做保定府主考，臣卻多事主動查起放賑之事，還請聖旨發落。」

乾隆皇見劉羅鍋講得誠懇，龍心大悅，高興地說：「賢卿，你為國為民，不辭勞苦，四處奔波，何罪之有？」

說罷，立即吩咐左右：「趕快把劉墉的枷號打掉！」

劉羅鍋這才總算自由了。

後來，乾隆皇下令將私扣民糧的深州州官斬首示眾，而保定府總管因未盡監督責任，也受到連帶處分，罰俸三年。

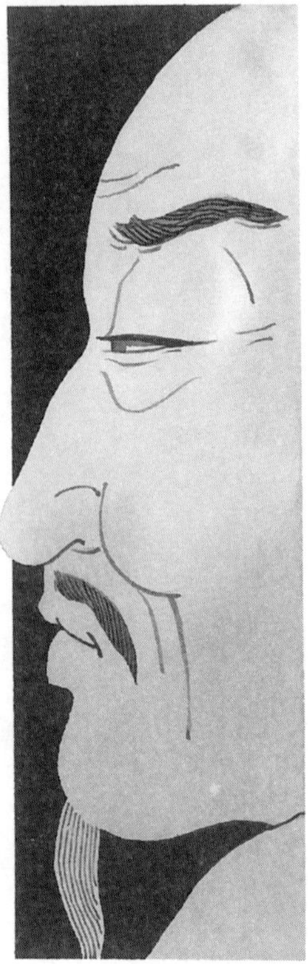

二十、城隍廟裡的月老

這天，乾隆皇又宣劉羅鍋進宮，一見面就直截了當地問道：「賢卿，聽說你在辦案的時候，非常認真，經常出衙私訪，是不是真的？」

「確實是真的。」劉羅鍋回答。

「好，現在，朕想委託你一個任務……」

原來，御使錢灃最近上了一份奏摺，指控山東巡撫劉國泰貪汙，至少挪用了十萬兩白銀的公款。儘管錢灃在奏摺裡舉證歷歷，絕不是泛泛之言，可是因為劉國泰是大學士和珅的心腹，和珅又是乾隆皇極為寵愛的臣子，乾隆皇實在很難相信錢灃在奏摺裡所說的是百分之百的事實，因此特別交代劉羅鍋到山東祕密查訪一番。

「這倒好，可以順便回老家去看看了。」劉羅鍋心想。

當天晚上，劉羅鍋獨自待在書房裡，反覆琢磨著乾隆皇交付給他的任務。

其實，不必乾隆皇多說，劉羅鍋自己也知道，要查訪侵吞公款這件事非同小可，何況對方還是與和珅有關的人，當然一定要喬裝改扮，暗中查訪……

劉羅鍋一直琢磨到夜深，小睡片刻，第二天一早起來，帶著張祿兒就開始往山東趕。

劉羅鍋拼命趕路，終於抵達山東境內；可是這天晚上，因天色已晚，來不及進入劉羅鍋的家鄉——青州府諸城縣，而且因為突然下起了雨，便臨時匆匆躲進路旁一座城隍廟。

這座小廟顯然香煙不夠，顯得有些荒蕪，一下雨，四處漏水，更顯示出年久失修的窘狀。

「大人，不如咱們在那下面躲一躲吧！」張祿兒指指供桌。

「好呀！」劉羅鍋立刻鑽進了供桌下面。

張祿兒也跟著鑽了進來。

「還是你腦筋快。」劉羅鍋誇獎張祿兒，「總算這破廟裡還找得到不會漏雨的地方。」

兩人正要睡去，忽然，城隍廟裡又進來一個人。昏暗之中，依稀可見是一個年輕人，淋得透濕，跌跌撞撞走進來之後，就趴在地上，痛哭不已。

看他哭得那麼傷心，劉羅鍋忍不住問道：「你怎麼啦？」

年輕人霎時立即停止哭泣，整個人都呆掉了；昏暗之中，再加上淅瀝淅瀝的雨聲，他根本沒有分辨出聲音是從供桌下面傳出來的。

「我問你，你怎麼啦？」劉羅鍋又問：「淋雨了也不必這麼難過嘛，待會兒雨就會停了……」

「天啊！」年輕人激動地大呼：「城隍爺顯靈了！」

「喂！你看清楚一點！」張祿兒叫道。

「不得了！」年輕人又呼：「是判官還是小鬼？也顯靈了！難道我要死了嗎？」

劉羅鍋覺得啼笑皆非，大聲道：「年輕人，你在胡說八道些什麼呀！我們是好端端的活人，就在這供桌下面！」

說著，劉羅鍋和張祿兒便從供桌下面爬了出來。

這時，雨也停了，在淡淡的月光下，年輕人看清楚眼前果然是兩個活人，根本不是什麼城隍爺顯靈，不覺為自己剛才的魯莽感到很不好意思。

「對不起啊。」年輕人露出尷尬地笑容，「我剛才沒看清楚。」

「沒關係，」劉羅鍋看年輕人一副單純學子的模樣，很想幫助他，「你不妨說說看，什麼事情那麼傷心？」

「小子，你走運了！」張祿兒在旁插嘴道：「有什麼委屈，儘管說出來，只要說得有理，求我們老爺可是比求城隍爺要靈驗得多了！」

「敢問老爺是——」

「就是欽差大人劉墉劉大人啊！」張祿兒說。

「啊！是劉大人！」年輕人趕緊說：「請恕小生方才無禮，胡言亂語……」

「沒關係的，」劉羅鍋慈祥地說：「你快說吧，究竟是為了什麼事情這麼傷心？」

「是這樣的……」

原來這年輕人姓江，是一個讀書人，原本自小有婚約，與一位名叫王映雪的姑娘青梅竹馬，雙方情投意合；遺憾的是，幾年前江生家道中落，父母又陸續因病身亡，王映雪姑娘的父親王員外便有意毀婚，非但禁止他們再見面，最近更積極地想為映雪姑娘另覓婆家，搞得江生與映雪姑娘兩人痛苦不堪。

「你說的都是真的？」劉羅鍋仔細地問道：「確實是你倆情投意合，映雪姑娘的父親卻從中作梗？」

「確實如此。」江生哭喪著臉回答。

劉羅鍋思索片刻，摸摸山羊鬍，對江生說：「我看你相貌忠厚，言詞誠懇，不像胡說八道之徒，不過，感情這種事，不能只聽單方面的一面之詞，我得再設法聽聽映雪姑娘的說法。不過，你放心罷，只要你剛才所說全是事實，沒有半句虛假，我一定會設法成全你們。」

「謝大人！謝大人！」江生感激萬分地猛磕頭，心裡忍不住地想，自己倒楣了那麼久，現在總算要交好運了。

第二天，劉羅鍋一回到老家，就立刻放出風聲，他有一個義子，已屆婚齡，他想在地方上為義子挑選一個賢淑又有才德的女子做為婚配的對象；感覺上，劉羅鍋的義子似乎人在京城，儘管劉羅鍋事實上並沒有這麼說。

消息放出之後，果然有好多人渴望能夠和欽差大人攀親帶故，而上門打聽；其中，也包括了王映雪的父親王員外。

這天，劉羅鍋設宴款待王員外，還特別囑他將映雪姑娘帶來。席間，劉羅鍋見映雪姑娘眉宇之間帶有幾分憂愁，便感覺到江生所言大致不假，不過，為求慎重，飯後劉羅鍋還是藉故支開了王員外，而有了單獨與映雪姑娘談話的機會。

「映雪姑娘，」劉羅鍋說：「時間有限，我就直截了當地問了。妳認識江生嗎？」

映雪姑娘毫不猶豫地回答：「認識。」

「他說與妳自小就有婚約，是真的嗎？」

「真的。」

「妳父親是不是想毀婚？」

「是的。」映雪姑娘難過地說。

「可是妳還是想嫁他？」

映雪姑娘羞怯地點點頭，「是的。」

「好，沒問題，包在我身上！」

待王員外回座之後，劉羅鍋就對王員外說：「令千金秀外慧中，我實在是非常欣賞，不知道這麼好的姑娘有沒有許配給人家了？」

「沒有。」王員外連連搖頭，心中大喜過望，心想，太好了，欽差大臣八成是看上映雪，想讓他的義子迎娶映雪了。

「真的沒有？」劉羅鍋故作驚喜萬分的模樣，映雪姑娘看了，疑惑萬分；她原本以為，欽差大人會板著臉孔質問她父親「怎麼會沒有？」……

「真的沒有，真的沒有……」王員外簡直是樂不可支。

「那真是太好了！」劉羅鍋高興地說：「我有一個義子正值婚齡，不知道您願不願意將令千金許配給我的義子？」

劉羅鍋話音甫落，王員外就已經迫不及待地說：「願意！願意！呵呵，高攀了！高攀了！」

映雪姑娘卻臉色發白，只差沒哭了出來。她含怨又含怒地望著劉羅鍋，完全不能理解這究竟是怎麼回事？

「大人方才不是才說要為我和江生作主的嗎？難道是鬧著玩兒的？」映雪姑娘氣憤地想：「難道當官的就可以這樣說話不算話嗎？就可以尋我們小老百姓的開心嗎？怎麼才一會兒工夫，就變成是要把我許配給他的義子呢？……」

劉羅鍋瞅了映雪姑娘一眼，知道她心中痛苦，不想讓她再受折磨，於是爽快地說道：「正巧我的義子現在就在府裡，不如我現在就叫他出來，讓小倆口見見面罷！」

王員外一聽，相當驚訝，「喔？令公子此刻就在府裡？」

王員外差點就要說：「我還以為令公子是在京城呢！」

當然，更令王員外震驚的是，等劉羅鍋的義子一走出來，他才猛然發現，原來不是別人，竟是那陰魂不散的江生！

「還不快跟你岳父大人行禮。」劉羅鍋含笑地催促道。

江生恭恭敬敬地作了一個揖，「岳父大人，請受小婿一拜！」

「你——你——」王員外震驚得說不出話來。

而映雪姑娘呢，則終於一掃陰霾，嬌羞地笑了。

二十一、山東緝貪

在充當月老的同時，劉羅鍋也曾多次喬裝，改扮成普通的小老百姓，四處打聽消息。

有一天，在大街上，看到一個腦滿腸肥、衣著講究的傢伙，騎著一頭高頭大馬，呼嘯而過，嘴裡還不斷威嚇著路上的百姓：「滾遠一點！別擋本大爺的路！」

「這人是誰啊？」劉羅鍋問路邊一位賣大餅的大嬸。

「噓！」大嬸立刻小聲地制止他：「別那麼大聲！」

待那人走遠了，劉羅鍋又問：「怎麼啦？」

「先生，敢情您不是本地人？」

「是啊，只是離開一段時間沒有回來罷了。」

「難怪。」大嬸嘆了一口氣，「現在年頭愈來愈壞了呀！做官的愈來愈貪，叫我們這些小老百姓怎麼活呀！」

「可是剛才那人不像是做官的呀！」

「那個狗屎東西當然不是，可是他是做官的奴才！」大嬸說到這裡，神祕兮兮地壓低了嗓音說：「據說那個狗屎東西是咱們山東巡撫劉國泰的爪牙，又據說他和當今內閣大學士和珅和大人也熟得很，我們也不知道是真是假，但經常看他橫行霸道，狂妄自大，連衙門裡的差爺們都要讓他幾分，倒是真的。」

「喔？有這種事？」

後來，劉羅鍋又觀察過幾回，見那人的確囂張得很，想必是有點來頭，才敢如此這般狗仗人勢。

這天，劉羅鍋和張祿兒在街上，遠遠地又見那人騎著馬呼嘯著過來了。

「滾遠一點！」

他一路吆喝，一路就過來了。張祿兒拉拉劉羅鍋，想避開些，劉羅鍋卻不肯動，說了一聲：「不用避，今天我非治他不可。」

話剛說完，那人已來到面前，居高臨下地叫著：「糟老頭，找死呀！見了本大爺還不趕快滾遠一點！」

「放肆！」張祿兒叫道：「他是大人！」

「大人？」坐在馬上的傢伙大笑，「真是笑話了，他是大人，我也是大人呀，難道我還是小孩不成！」

「大膽！笑你個頭！這是欽差大臣劉墉劉大人！」張祿兒跺腳大罵。

「劉大人？」那傢伙呆呆地重複著。正在疑惑，前來接劉羅鍋的大轎適時地出現了，並且一見到劉羅鍋，立刻紛紛齊聲大喊「大人！」這個時候，那囂張狂妄的傢伙才從馬背上跌了下來，嚇得魂兒都沒了。

劉羅鍋吩咐差役把那傢伙抓回府裡，然後從他身上搜出好多封劉國泰寫給和珅的信，裡頭用了很多暗語和暗號，但是稍一推敲，還是不難看出是在寫已經借款來填補庫銀虧空的事。

「好哇！」劉墉十分氣憤，「看來御史錢灃的調查完全屬實，這可惡的狗官真的在挪用公款！簡直是無法無天！身為地方父母官居然寡廉鮮恥地盜用公款，貪贓枉法，這簡直比殺人放火還要可恨！」

劉羅鍋立刻吩咐張祿兒，準備第二天即刻返京，並連夜寫好一封奏摺，密封妥當。

沒想到，劉羅鍋剛回到京城，正稍事休息，還沒來得及進宮晉見乾隆皇，和珅就派人送了許多名貴的禮品過來，像是珠寶啦、皮裘啦，一個個都價值不匪。

劉羅鍋在心裡暗笑道：「哼，和大人想必是心虛了，想來籠絡我吧！」

表面上，劉羅鍋則不動聲色地吩咐張祿兒，「『無功不受祿』，我怎麼好平白無故接受和大人的好意和餽贈？統統送回去吧，就說我心領了。」

和珅一見如此厚禮竟然被原封不動地退回來，心知不妙，知道劉羅鍋必定是不買他的帳，於是趕緊整裝趕往宮中，十分技巧地跟劉國泰撇清關係以自保。

後來，乾隆皇看了劉羅鍋的奏摺，再對照看了先前御史錢灃的奏褶，大為震怒，馬上下令把劉國泰處以死刑。

但也因為這件事，劉羅鍋和和珅結下了樑子，和珅不止一次暗暗發誓，非要除掉劉羅鍋不可。

而另一方面，劉國泰其實並不是一個特例，事實上，清朝的官場風氣在這個時候已經相當腐敗，連帶地也直接造成了大清的盛景不再。

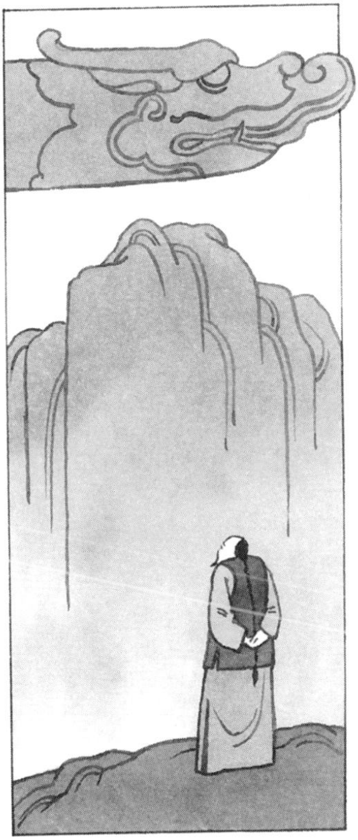

傳奇故事系列

劉羅鍋傳奇

定價：新臺幣220元

1999年3月初版
2006年9月初版第二刷
2020年1月二版

著　　者	管家琪
插　　畫	林鴻堯
叢書主編	黃惠鈴
封面設計	羅秀吉
校對者	劉玉芬
編輯主任	陳逸華

出　版　者	聯經出版事業股份有限公司
地　　址	新北市汐止區大同路一段369號1樓
編輯部地址	新北市汐止區大同路一段369號1樓
叢書主編電話	(02)86925588轉5312
台北聯經書房	台北市新生南路三段94號
電話	(02)23620308
台中分公司	台中市北區崇德路一段198號
暨門市電話	(04)22312023
台中電子信箱	e-mail：linking2@ms42.hinet.net
郵政劃撥	帳戶第0100559-3號
郵撥電話	(02)23620308
印　刷　者	世和印製企業有限公司
總　經　銷	聯合發行股份有限公司
發　行　所	新北市新店區寶橋路235巷6弄6號2F
電話	(02)29178022

總編輯	胡金倫
總經理	陳芝宇
社　　長	羅國俊
發行人	林載爵

行政院新聞局出版事業登記證局版臺業字第0130號

本書如有缺頁，破損，倒裝請寄回台北聯經書房更換。　ISBN 978-957-08-5445-9 (平裝)
聯經網址 http://www.linkingbooks.com.tw
電子信箱 e-mail:linking@udngroup.com

國家圖書館出版品預行編目資料

劉羅鍋傳奇／管家琪著．林鴻堯插畫．二版．
新北市．聯經．2019.12
160面；14.8×21公分．(傳奇故事系列)
ISBN 978-957-08-5445-9（平裝）
[2020年1月二版]

863.59 108021045

傳奇故事系列

廖添丁傳奇	鄒敦怜著
包公奇案	沙淑芬著
施公奇案	吳燈山著
劉羅鍋傳奇	管家琪著
濟公傳奇	吳燈山著